プリンセス・ギャンビット

Princess Gambit

~スパイと奴隷王女の王国転覆遊戯~

久我悠真

イラスト　スコッティ

プロローグ――聖暦１９８２年　ロアノーク王国・地方都市

Princess Gambit――プリンセス・ギャンビット

「道に迷いましたか？」

そう問いかけてきた少女は、野良猫《のらねこ》を撫《な》でていた。

野良猫《のらねこ》は『降参しました』と腹を見せ、寝転がっている。野生はどこにいったんだ、お前は。

しかし間が抜けているのは、おれも同じか。少女を尾行していたというのに、まさか声をかけられるとは。

訓練教官が聞いたら、呆《あき》れられるだろう。

または『コイツには才能がない』と判断され、銃殺されるか。弾丸を脳味噌《のうみそ》に食《く》らうのは構わないが、尾行に失敗するのは耐えられない。

ところがこの少女のせいで、悪夢は現実のものとなった。

「いや、大丈夫だ」

顔を見られた以上、尾行任務は失敗。なら傷口が広がる前に、潔《いさぎよ》く退散しよう。

少女の声が追いかけてきて、

「大丈夫には見えませんよ。あなたは道を見失っている。まだお気づきではないのですか？」

こんな戯言《たわごと》に反応してどうする？　そう言い聞かせてみたが、何かがおれを捕らえて離さない。

改めて尾行対象を見る、こんどは真正面から。

名はイヴ。16歳。美麗なる顔立ち。あまりに清らかなエメラルドグリーンの瞳。雪のような肌。しなやかな肢体。きれいな蜂蜜色の髪は、生まれてから一度も切ってないように長い。

腰を抜かすかと思った。

なぜか？　おれは彼女を知らない。おれが尾行していたのは、平凡な奴隷だったはず。だが目の前にいる少女は、女神のように美しい。

どこで間違えたのか。

もちろん間違えてなどいない。ただ彼女が今まで演じていただけ。凡庸な奴隷の少女を。ひとつひとつの所作や、瞳の濁らせかたや、疲労に満ちた表情を作ることで。通行人の誰もが気にも留《と》めないただの奴隷に化けていた。

かつて訓練教官は、天才と凡人のあいだに聳《そび》える壁について語った。その壁を乗り越えることは不可能だとも。

おれはいま凡人の側にいて、壁の向こう側にいる少女――イヴと遭遇している。

そしてイヴが言うわけだ。蜂蜜のような声音で。

「あなたとは、良《い》いお友達になれそうですね」

訳の分からない論理の跳躍。なぜ友達になる話になるのか。だが無視するには、その提案はあまりに――あまりに興味深い。

「お茶をご一緒してくださいます？　あちらのお店で」

イヴの視線が、車道をはさんだ向こうへと動く。おれもその視線を追いかける。その先には一軒の喫茶店。

同時に、扉の『奴隷の立ち入りを禁ずる』という張り紙も目に飛び込んできた。奴隷の識字率の低さを考慮してか、文章だけでなくマークまで描かれている。奴隷を示す記号の上に、バッテン印が。

「残念だが、いまの君では入店できない」

危うく、「たとえ【王位選挙】に参加できるとしても」と付け加えそうになった。

現在、この事実を知るのはごく一部の人間だけだ。ただの通行人であるおれが知っているはずがない。もちろん、イヴもそう思っているはず。

……そうでなければ困る。

「試してみましょうか？」

イヴの口調は面白がっているようだ。虚勢ではない。心からこの状況を楽しんでいる。おれはハラハラして仕方ない。

「当局に通報されたら、困ったことになるんじゃないか？　このロアノークでは――」

ロアノーク。

現代において唯一、絶対君主制が機能している国家だ。

半世紀前の世界大戦では、各国の王室が次々と消滅。その中で、ロアノークだけはより王の力が確固たるものとなった。

当時の国王が異常なカリスマ性を有していたため、改めて国民が『王が倒れぬ限り祖国は滅びぬ』と信じるようになったとか。

現在も豊富なエネルギー資源を擁し、世界第一位の軍事力を誇る。『この世の覇権を握ることができる国』の称号を持つ超大国。

中世のころから現代まで、王族を頂点とし、貴族、平民と続く階級社会を維持している。

同時に、徹底した資本主義国家でもある。平民が金持ちになると、貴族にランクアップするシステムで。

一方、資本主義から除外された領域に、奴隷制度が残っているのも特色。当然ながら、奴隷に人権はない。

そんな奴隷の少女が、悪戯《いたずら》っぽく誘ってくる。

「では、わたくしとゲームをしませんか？　わたくしの勝利条件は、あちらのお店に無事入店することです」

「奴隷の入店を禁止している店に？」

「はい。もしもわたくしが勝ったならば、あなたの時間を5分だけください。いかがですか、カイさん？」

眩暈《めまい》を覚えた。

偽名ではある。だが、なぜロアノークでのおれの名前を、イヴは知っているのか？　どうやって知りえた？

この謎を解き明かすために、ここで引くことはできない。それを見越して、イヴはいまのタイミングで名を呼びかけてきたのか。先手を取られてばかりだな。

「いいだろう。君に勝ち目があるとは思えないが」

イヴはくすりと笑い、

「ルールの確認です。まず、わたくしが一人でお店へ向かいます。カイさんはここで見守っていてくださいね。無事に入店できましたら――どうぞ、あなたも追いかけてきてください」

会話中、イヴはずっと屈《かが》んだままで野良猫《のらねこ》の腹を撫《な》でていた。ここで優雅に立ち上がり、野《の》良猫《らねこ》に別れを告げて、自動車の流れが途切れたところで車道を渡り始める。

「向こうで、お待ちしておりますよ」

そう言い残して。

無駄なゲームだ。イヴに勝ち目はない。いくら彼女が美しかろうとも、その動作に気品さえ感じられようとも。

ぼろ切れのような衣服が、身分を語っている。奴隷という身分を。

イヴが喫茶店に入っていく。よくて叩《たた》き出《だ》されるだけ。最悪は拘束され、当局に引き渡されるか。逮捕された場合、【王位選争】への参加はどうなるんだろう。

喫茶店の窓ガラス越しに、店内をうかがえた。

イヴはいま、店主と何やら話している。ふとイヴの顔がこちらに向けられる。釣られて、店主までおれを見て来た。なんだ？

やがて店主は愉快そうに笑ってから、『あちらにどうぞ』と言わんばかりに片手を、テーブル席へと向ける。イヴは優雅にお辞儀して、席に歩いていった。

愕然《がくぜん》とした。まさかイヴが勝ったというのか。

おれも車道を渡って、店内へ。

店主はおれを見ながら、ニヤニヤと笑っている。訳が分からない。イヴと向かい合った席まで行き、腰かけた。

「まるで魔法のようだったな」

「魔法ですか。幼いころは、実在すると信じていましたね。あるとき気づきました。魔法は存在しないけれど、同じくらい素敵なことがあると。ひとの心を読んで、好き勝手に操れるのなら、それは魔法のように素晴らしいことですよね」

まったく、狐《きつね》につままれたような気持ちだ。

店主がやって来て、注文を取り始める。おれはアイスコーヒーを、イヴはホットココアを注文した。

店主が去ってから、改めて尋ねる。

「君は、どうやって店主を騙《だま》したんだ？」

「騙《だま》してなどいませんよ。わたくしはただ、人類にとって最大の武器を使ったのです」

「人類にとって最大の武器だって？」

「正直な心ですよ、カイさん。正直という美徳です」

イヴの瞳が輝く。それは清純な乙女の、または魔女の瞳。

「まず店主の方に、『あちらの方が見えますか？』と、車道の向こうでお待ちのカイさんを示しました」

「ああ。こっちを見ていたのには気づいていたよ」

「さらにこう続けました。

『あの方と、ゲームをしております。わたくしがこの格好で、果たして入店できるかを。あの方は、わたくしは叩《たた》き出《だ》されるはずだと決めつけました。

なぜなら、このような身なりですからね。あの方は、わたくしが恥をかくのを期待しているのですよ。さてお聞きします――わたくしは入店可能でしょうか？』と」

「それだけ？」

「はい。すると店主の方は、快く入店を許可してくださいました。こうもおっしゃっていましたね。『あなたのような可憐《かれん》な方に恥をかかせようとは、とんでもない男友達ですね』と」

ああ、そうか。

店主は、ゲームであることは理解した。だがゲームのプレイヤーを取り違えたのだ。奴隷の少女ではなく、貴族の令嬢と。

貴族はくだらないゲームが大好きだからな。

〔ここに貴族の娘と、その男友達がいる。男友達は、貴族の娘をからかう。『君が高貴な女性として扱われるのは、着飾っているからにすぎないよ』と。

貴族の娘は屈辱を感じ、男友達に挑戦する。奴隷のような身なりでも、自分は『高貴な女性』として見てもらえると〕。

店主は勝手に、こんな『背景』を想像した。

いや違う、イヴによって想像するよう誘導されたのだ。

店主がイヴに抱いた第一印象は、混沌《こんとん》としたものだっただろう。

奴隷のぼろ切れを着た少女。しかし奴隷には思えない。その優雅な所作、気高さを感じるロアノーク語の発音、あまりに美しい微笑《ほほえ》み。まるで高い教育を受けた、血筋の確かな令嬢ではないか。

そこにイヴは『ゲーム』という情報を植え付ける。

店主は考える。ゲームとは誰がやるものだ？　もちろん貴族たちだ。この少女はゲームのために奴隷のフリをした、貴族の令嬢。入店を断ったら、あとが怖いぞ。

かくして、おれ達《たち》はいまここにいる。おれの身なりがそれなりに良かったのも、功を奏したわけか。七等貴族の子息くらいには見えたかな。イヴはそこまで計算に入れていたのだろうが。

注文した品が運ばれてきた。

「君の勝ちだな、イヴさん。おれの5分を渡そう」

イヴは急ぐことはせず、ホットココアをふぅふぅと冷ます。それから恥ずかしそうに、

「猫舌なものでして」

「ならアイスココアを頼めば良かったのに」

「ココアは熱々でなくては。冷たいココアなんて邪道ですよ」

「だって猫舌で……まぁいい。もう30秒は経《た》ったぞ。あと4分30秒だ」

「焦《あせ》る必要がどこにありましょう？　あなたとわたくしは、こうして出会った。これは運命ではありませんか？　運命が、わたくし達《たち》の友情を守ってくださいますよ」

「運命はこう言っている。おれはあと4分12秒後には席を立ち、そこのドアから外に出ていくと。そして、君と会うことは二度とない」

尾行対象とお茶するスパイか。無能の極みだ。まさか自分が、そんなヘマをする日が来ると

はな。

「4分を切ったぞ」

「そのようですね」

ようやくイヴはココアを飲みだした。勢いよく飲んで舌を火傷《やけど》しないよう、恐る恐るだが。

時間が過ぎていく。

「何か話すことがあったんじゃないのか?」

「ええ、あります。あなたと是非とも話し合いたいことが——あら、このココアは最高ですね。味見してみますか?」

イヴが、ココアのマグカップを差し出してくる。

恐ろしいことに——『間接キスじゃないか』などと、バカなことを考えてしまった。おれはスパイだ。人を殺したこともある。思春期を謳歌《おうか》している素人《しろうと》じゃないんだぞ。

「いいや、アイスコーヒーで充分だ」

3分を切った。

不条理だ。焦《あせ》るべきはイヴなのに、実際に焦《あせ》っているのはこのおれだ。イヴは悠然としてココアを味わっている。ようやく安心して飲めるくらいに冷めたらしい。実に美味《おい》しそうだ。

2分を切った。

「早く話したらどうだ?」

イヴはメニューを取って、幸せそうに言う。

「何かケーキを注文しましょうか。ブルーベリーケーキなどいかがです？」

「勝手に注文しろ。そんなことよりも――」

「カイさん。わたくしの報酬は、あなたの時間を5分いただくことですよ。あなたと話したいことがありました。しかしながら、いまは考えが変わりました。あなたとこうして、お茶をしている。わたくし、これだけで満足のようです」

1分を切った。イヴはケーキを注文してしまう。穏やかな眼差《まなざ》しを、おれに向けたまま。

やがて5分が過ぎ去った。

「素敵な時間でした。さようなら、カイさん」

これで終わりだって？　そんなこと許されるのか？　おれはこの女の尾行に失敗し、ゲームに負けた。5分間を差し出したが、無意味に消費され、お役ごめん。

「断る」

「断る？　何について断られるのです、カイさん？」

この魔女が。

「延長だ。おれの時間を、さらに5分くれてやる。だから話せ。はじめに話そうとしていたことを」

ブルーベリーケーキが運ばれてきた。イヴは白くて繊細な指先でフォークを取り、ケーキをひと切れ口に運ぶ。

「虫歯がないのが自慢でして――奴隷の身分では、毎日の歯磨きを完璧にするのも一苦労です。お分かりになりますか、カイさん？」

「ああ――どうだろう。正直、分からない」

「あなたの人生をください」

「……え？」

あまりに唐突すぎて、すぐに理解できなかった。おれ達《たち》は歯磨きの話をしていたのに――何だって？

「おれの人生を？」

「はい。あなたが人生をくださるのでしたら、わたくしも同じものを差し上げましょう。いかがですか？」

「お互いに人生を与え合う――そういう話なのか？」

「素敵なことですよね」

2つだけハッキリしていることがある。

この少女は正気じゃなく、とても魅力的だ。

美少女だからというだけの浅い魅力ではない。底の知れない何かがある。それを見てみたいと思ってしまう。あと彼女が食べると、ただのブルーベリーケーキがとても美味そう。

「おれが何者だか知っているのか？」

自分でもふしぎなことに、イヴが肯定することは分かっていた。だというのに、

「ヴォルヌ連邦のスパイさんですよね」

と答えられたときは驚愕《きょうがく》してしまうのだからな。

ヴォルヌ連邦。名だたる民主制国家。先々代の大統領が裏から政治を操っているので、形ばかりの民主主義だがね。

また世界第二位の軍事力を有しており、唯一ロアノークと肩を並べる、もう一つの『この世の覇権を握ることができる』超大国でもある。

ロアノークとはお互いを仮想敵国にしており、端的に言うと仲が悪い。

そしておれの正式身分は、ヴォルヌ連邦が誇る秘密情報部、通称〈ウォッチメイカー〉の諜《ちょう》報員《ほう》だ。ロアノーク内にて、偽装身分で任務中。

それを見破られるとは、素人《しろうと》なら『なぜ分かった？』と口を滑らせる場面だろう。

「なぜ分かった？」

おっと。

「あなたはレイジル国の留学生。偽装身分ではそうなっていますね？　実際にレイジルの言語も話される。ところで、あなたのレイジル語には少なからずカント地方の訛《なま》りがあります。カント地方にはヴォルヌ人も多く住んでいる。あなたがそちらでレイジル語を学んだのなら、ヴ

ォルヌ人である可能性が出てくる。ヴォルヌの方だとするならば、なぜレイジル国の学生を装《よそお》うのでしょうか？」

「こじつけに過ぎない」

おれがレイジル語を話しているのを、いつ聞いたのか？　カント地方の訛《なま》りを見抜かれるとは、思いもしなかった。

「あなたの行きつけのレストラン『帽子亭』。あなたが決まって座るのは、店の出入り口を視界に収められる位置。同時に非常口へ最短の席でもある。いつでも脱出できるように」

「おれが、ただの心配性なだけかもしれない」

まてまて。なぜイヴは、おれの行きつけのレストランや、どこの席に座るかを知っているんだ？

イヴは攻撃の手を緩めない。

「毎週火曜日、あなたは郊外のモーテルに部屋を借りますね。ロアノークで獲得した協力者からの情報を得るために。

モーテルの清掃を請け負っている会社が、政府施設の掃除も行っているというのは、杜撰《ずさん》といえば杜撰《ずさん》ですよね？　清掃員の一人を協力者として飼いならせば、政府施設から情報を取って来させられます。その情報とは、ゴミですよ。文字通りのゴミ。

政府施設でシュレッダーにかけた機密書類のゴミは、あなたにとってはお宝ですものね。あとは受け渡し方法として、先ほどのモーテルを使うだけ。

清掃員は政府施設から回収したゴミを、モーテルの部屋のゴミ箱に入れておきます。その後、あなたがその部屋にチェックインし、お宝のゴミを入手すればいい。

ひとつだけ助言させていただきますと、一人で部屋を借りるのは不自然ですよ。娼婦《しょうふ》の方でも買うのが良《い》いでしょう。娼婦《しょうふ》さんがシャワーを浴びている隙に、お宝をバッグに入れれば良いわけですし」

おれがモーテルの部屋を借りるだけで、なぜそこまで推理できるというんだ？　どういう脳《のう》味噌《みそ》をしている？

「君は、おれを尾行していたわけだな。だが、なぜだ？　一体いつから？」

イヴは二人の秘密を話すのを楽しむようにして、

「あれは3週間前のことです。わたくしのもとに〈まだら雲〉の方がいらっしゃいました」

〈まだら雲〉とは、ロアノーク枢密院の通称だ。王の諮問機関であり、時には王を諫《いさ》める役割を持つ。

「目的は、わたくしの中に流れる、王族の血について明かすことでした。さらに選択を迫ることです。わたくしが【王位選争】に参加するか否《いな》かを」

【王位選争】。

次なる国王を決めるため、王の子らで行われるゲームのことだ。

王位をかけて知略を尽くし、敗北すれば王族を追放される過酷なゲーム。執り行うのが、〈まだら雲〉。

「ですが、これは意地悪な質問ですよね？　本来なら〈まだら雲〉の方は、こうわたくしに宣告するべきだった。『【王位選争】に参加して処刑の日を先延ばしにするか、今ここで死ぬか』と」

アイスコーヒーを飲んだが、ぬるくなっていた。

国教によれば、奴隷は不浄とされている。そんな奴隷と国王が性交しただけでも、とんだスキャンダル。ましてや赤子が生まれたとあっては。

そう、国家の恥を象徴するのがイヴだ。王の落胤《らくいん》。

【王位選争】が異常なのは、そんなイヴにさえも参加権が与えられること。憲法において定められているため。

ゆえに【王位選争】で勝利すれば、奴隷の少女が女王になる。

「わたくしは参加を表明いたしました。その翌日、あなたをお見かけしたのです」

そうだ。おれに与えられた任務が、イヴの監視だった。

もともとは【王位選争】の動向を探っていたのだが、そんなときに現れたのがイヴ。12人の王子王女と違い、まったく情報が皆無な奴隷少女。

〈ウォッチメイカー〉上層部は、このおれに調べるよう命じてきた。

「いや、筋が通らない。あの日、おれはミスなど犯さなかった。ただの通行人として、君を目視しただけだ。怪しまれるはずがない」

「その時点では、まだ怪しむということはありませんでしたよ。ただ興味を惹《ひ》かれたのです。あなたを尾行してみたいと思った——一目惚《ひとめぼ》れですね。

ですからカイさんの正体を、劇的に暴いたわけではありません。徐々に手がかりをつかんでいき、気づいたときには真実のカイさんを見ていたのです」

尾行対象に、逆に尾行されていたなんて。

振り返ってみても、おれに手落ちはなかったはずだ。常に監視探知ルートを使い、尾行があれば炙《あぶ》り出《だ》せるようにしていた。イヴが上を行っていたというだけのこと。ロアノークの防《ぼう》諜《ちょう》機関よりも手ごわかったというだけの。

今回ばかりは、相手が悪かった。

「まだ納得できない点がある。君が、おれに興味を惹《ひ》かれたという理由だ。一人の通行人にすぎなかった男に、君は何を見たんだ？」

イヴはきょとんとしてから、無邪気そうにほほ笑む。

「カイさんのような頭脳明晰《めいせき》な方でも、ウッカリすることがあるのですね」

皮肉ではなく、本心からの言葉のように聞こえる。この展開で、おれが『頭脳明晰《めいせき》』とは受け入れがたいが。

「何を見落としたんだろう」

イヴが身を乗り出してくる。柑橘《かんきつ》系のこころよい香りがして、頭がフワッとした。どうして奴隷なのに、こんなにいい匂いがするんだろう。

まるで耳元で甘く囁《ささや》かれたかのように。

「普通の市民は、奴隷など気にも留《と》めません。それどころか見るのも汚《けが》らわしいと、視線をそらすものですよ。カイさんのように、真っすぐに見つめてはくれませんよ」

「真っすぐに見つめていた、君を？」

「さらに言えば、熱っぽく」

「……」

疑われないように、視界の端で見たはずなのだが。

「イヴ。人生を与え合うなら、もっと優秀な相手のほうがいいんじゃないか？」

するとイヴの真剣な眼差《まなざ》しが、おれを射抜く。

「いいえ。わたくしが欲しいのは、あなたです。あなただけなのですよ、カイさん」

対ハニー・トラップ訓練は完璧なので、いまの胸の高鳴りは戦略的な擬似恋愛感情だろう。でなくては困る。

「……ほう。興味深い」

「あの日――カイさんと出会えたのは『赤い糸』によるものです。運命以外の何があるでしょう。わたくしとあなただけが、同じものを分かち合えるのですから」

「同じものを？」

「敗北すれば死あるのみ。この極限の――恐怖です」

恐怖を語っているにしては、イヴはどう見ても――生き生きとしている。

その瞳は語っている。ようやく、心から愉《たの》しめる遊戯を見つけたのだと。

「敗北とは、君が【王位選争】で負けることか。玉座に座ることはできずに」

「その瞬間、わたくしは処刑されることでしょう。王の汚点を生かしておく必要がありますか？　わたくしを延命しているのは、憲法に記された【王位選争】のルールだけです。『どのような身分の者だろうとも、王の血を引く者には参加の権利がある』という一文だけ」

イヴの繊細な指先が、おれを示す。

「そして――あなたを生かしているのは、わたくし」

それは脅し文句なのだが、なぜか心が浮き立った。

「手順を教えてくれ」

「はい。わたくしが敗北したとき、一通の密告状が当局へ届くことになっています。そこに何が記されているかは――」

「聞くまでもないさ」

「ですがご安心を。捕まったスパイが処刑されることはありません。カイさんは、大事に拘置されることでしょう。ヴォルヌで捕らえられているロアノーク諜報員《ちょうほう》との交換要員として。ただヴォルヌに帰国したあとのことは知りませんが——いずれにせよ密告された時点で、スパイとしてのあなたは死んだのも同然。ですね？」

「まさしく」

おれは両手を軽くあげて降参の仕草をした。イヴが何を求めているのか見えてきた。

「【王位選争】のルールでは、参加する王子王女には〈守護者〉という、特別な側近が一人付くそうだ。守護者を選べるのは、当の王子王女のみ。その権利は、君にも与えられたはず」

「よくご存じで」

「守護者とは、君の唯一の仲間で、唯一の武器だ」

「そして唯一の理解者となる方です」

ふむ。人生を与え合うくらいだからな。

認めよう。おれはイヴの守護者となり、彼女の行きつく先を見届けたい。

だが受け入れられるはずがない。〈ウォッチメイカー〉の意向は関係ない。諜報《ちょうほう》員としての、おれの使命感の問題だ。自らに課せられた任務を捨てる？　ありえない。

「おれには何の得もない」

おれが拒否することを、イヴは承知していたのだろう。

当然だ。彼女は何手先も読んでいるのだし、常に切り札を用意している。まるで長年の友のように、それだけは言い切れる。

「わたくしが【王位選争】で勝利したあとも、カイさんには傍《そば》にいて欲しいのです。わたくしに助言をお与えください。あなたからの助言に、わたくしはとても耳を貸すことでしょう」

いま何が起きたのか？

イヴが一つの取引を提示してきたのだ。

【王位選争】の勝者となったとき、イヴは女王に即位する。おれが〈ウォッチメイカー〉に属したまま、イヴの右腕となったならば？　ヴォルヌ連邦は、おれという手駒を介して、イヴを操ることが可能。

世界を二分する超大国、ロアノークとヴォルヌ。

ヴォルヌが女王イヴを傀儡《かいらい》として、ロアノークに陰から指令を与えられるならば、それは世界を獲《と》ったことを意味する。

イヴは本気なのか？　傀儡《かいらい》だろうとも女王であることに変わりはない。そう割り切っているのだろうか。

ふとある想像が浮かんだ。イヴの真の狙いは、手駒のおれを介してヴォルヌを操ることだと。

やれやれ。さすがに妄想の領域だな。

「イヴ。改めて聞こう。君の望みはなんだ？」

イヴは休日の過ごし方を聞かれたかのように、リラックスして答える。

「【王位選争】で勝利し、女王として即位します。玉座は新しいのを、オーダーメイドで作っていただきます。ふかふかのクッション付きですよ」

傀儡《かいらい》計画以前の問題を、おれは指摘する。

「奴隷の身分だった君が、女王に即位する。いくら憲法で『【王位選争】の覇者を君主にせよ』と書かれていても、貴族たちが黙っているかな？　軍部はどうだ？　教会は？　奴隷が女王になったら、この国は亡《ほろ》びるんじゃないか？」

「もしくは、より強い大国が生まれるかもしれませんよ。唯、一、の、超、大、国、が、」

イヴが傀儡《かいらい》女王となることで、ヴォルヌが唯一の超大国になる。そう解釈していいんだな？

そう解釈するぞ。

イヴは両手の指先をあわせて、穏やかな口調で言う。

「いずれにせよ、わたくしに選択肢はありません。わたくしは王位を獲《と》らねばならないのです。生きのびるためには、それしか道はないのですから」

勝てるはずがない。12人の王子王女を打ち倒し、【王位選争】の覇者になるだって？　不可能だ。

確かにイヴは切れ者かもしれないが、味方のいない無力な奴隷でしかない。なぜ強固な支持基盤を持つ上位の王子王女と、対等に戦えると思うんだ？

ああ、そうか。〈ウォッチメイカー〉がイヴを支援するからか。

このおれが、イヴの守護者となるからか。

「やろう。君が女王となるため、おれは全てを捧《ささ》げよう」

イヴは軽やかに立ち上がり、椅子をテーブルの下へと入れる。

「素敵な一日ですね。それとお代をお願いできますか？　お恥ずかしいことに、奴隷は金銭の所持を禁じられていますので」

あまりに自然な動作で、イヴが顔を近づけてきて——口づけしてきた。

「誓いのキスですよ、カイさん」

☆☆☆

〈ウォッチメイカー〉には複数の派閥がある。

おれが属する派閥の形式上トップ——本国にいる〈ウォッチメイカー〉の幹部は、提案した計画に乗り気ではなかった。奴隷の少女が女王に即位するなど、現実的ではないという。

一方、ロアノーク内で采配を振るう管理官は、別の考えだった。

——夢を見る価値はある。

事実上、うちの派閥の決定権を握るのは、管理官《ハンドラー》だ。

こうして正式にゴーサインが出た。

事業計画名《オペレーション》は《奴隷王女の偉大なる遊戯《スレイブ・プリンセス・グレイテスト・ゲーム》》。

手始めに、イヴについての監視情報を暗号化して、管理官へと送る。実際に接触してのイヴの印象、奴隷戸籍の写しや、母親が10年前に病死していることなどを。

またはこんなことを——

現在、イヴは商社の社長一家のもとで暮らしている。5年前に別の奴隷主から買われたのだ。家事や雑用などで、こき使われている。

表向きは。

事実は異なる。この一家は、とっくにイヴに乗っ取られていた。夫も妻もその子供たちも、全員がイヴに心酔している。というより洗脳されているのか。

主人と奴隷の立場は逆転しているのだ。いまもイヴがぼろ切れを着ているのは、周囲の目を欺くため。

または枢密院〈まだら雲〉の目を。

こうは考えられないか？　イヴの母親は病死する前に、娘に真実を教えた。あなたの中には王の血が流れているのよ、と。

奴隷でありながらイヴは幼いころから、字の読み書きができた。当然、憲法も読んだだろう。そして【王位選争】の存在を知る。

奴隷の己が、女王として君臨するための方法を。

イヴは準備をはじめ、ついにその時が来た。【王位選争】が開かれるのだ。だがまだ足りない。自分一人だけでは、【王位選争】では勝ち残れない。

そんなある朝、イヴは見つける。最後のピースを。【王位選争】に勝利するための、特殊技能を有する助手を。

ヴォルヌ連邦〈ウォッチメイカー〉の諜報員《ちょうほういん》を。

イヴは、こう呟《つぶや》いたかもしれない。

「さぁ、ゲームが始まりますよ」

【王位選争】

①期間は一年間※。
②終了時に最大国力を有していた者が勝者となり、次なる王となる。
③国力を構成するのは、国民。【王位選争】での国民とは、ロアノーク王立学園に在籍する生徒を示す。

～国民を他国（他の王子王女）から奪う方法～

❶《挑戦》を行い、《決闘》で勝敗を決める。敗者は国民を奪われ、【王位選争】から追放される。
❷《挑戦》は、国力の低い側（国民数が少ない側）からのみ行える。
❸《決闘》は33種類ある。《決闘》種目を決めることができるのは、《挑戦》を受けた側（国民数が多い側）である。
❹勝者が奪う国民は総取りのみであり、一部のみを奪うことはできない。

～国民を他国に譲渡する方法～

❶譲渡書に、国民を譲渡する王子王女と、その守護者が署名する。
❷譲渡するのは、所有する全ての国民である。国民の一部だけを譲渡することはできない。
❸国民を譲渡した王子王女は【王位選争】の敗者となり、追放される。

[～開始時の国力数～（全国民2232人）]

第二王女
ジェシカ
126人
庶民的な感性を持った変わり者の王女。

第二王子
ディーン
286人
武闘派。熱血漢で部下からの信頼はあつい。

第一王女
サラ
422人
ロアノークの女神と評される絶世の美姫。

第一王子
ルガス
812人
学園最大勢力を誇る王位最有力候補。

~王子王女による同盟について~

❶同盟を結ぶ場合、盟主を決める必要がある。
❷同盟を結ぶことで、国民数も合算される。
❸同盟締結は、双方が合意した上で、運営委員会のもとで行う。
❹同盟破棄については、運営委員会のもと、片方が一方的に行うことができる。

~国民と《弾劾》について~

❶国民は、自分の意志で国籍（所属する王子王女）を変えることはできない。
❷国民が行えるのは、《弾劾》のみである。
❸その王子王女が有する国民の1割が、要請書に署名することで弾劾投票が開かれる。
❹弾劾投票では、投票にかけられた王子王女が所有する国民が全員参加し、『続投』か『弾劾』を投じる。
❺『弾劾』の投票が過半数に達した場合、その王子王女は弾劾となり、【王位選争】から追放される。
❻弾劾された王子王女の国民は、『難民』となる。
❼難民は、《弾劾》のみで発生する。難民は、その時点で【王位選争】に残っている王子王女によって、争奪される。

※完全勝利が発生した場合、その時点で終了とする。完全勝利とは、一人の王子または王女が、全国民を支配下に置いた状態である。

守護者
カイ
イヴに協力し傀儡政権を狙う敵国のスパイ。
第三王女リリス 96人
第四王女ケイティ 94人
第四王子キース 91人
第五王女メイ 90人
第六王女ライラ 22人
第七王女
イヴ
1人
奴隷と王の間に生まれた奴隷王女。
第六王子
アレク
31人
王盤の公式戦ランキング不動の一位で超天才。
第五王子
コーディ
49人
気弱でクリストフの隷属関係にある王子。
第三王子
クリストフ
112人
軍事会社オメガを経営する一族を母に持つ。

プリンセス・ギャンビット

I 章

〈王盤〉—— < マインド >

Princess Gambit
Chapter I

《決闘》の33種類の中にあるNo.1〈王盤〉に採用されている、
ロアノーク発祥のボードゲーム。
盤上には148もの升目。プレイヤーは37個（11種類）の駒を動かし、
王駒を獲ることが勝利条件。
世界で最も複雑なゲームとも評される。勝利するためには、
深い知略が必要となる。
王侯貴族の嗜みともされ、『高貴なる者の遊戯』とも
呼称されている。
公式の王盤試合では決着がつくまで終わりはなく、
対局を続ける。
互いの持ち時間は、対局時間が一定を越えると
自動追加される。

Princess Gambit

Chapter I ——— MIND

おれとイヴは、首都サウザンドにある王立学園に転入することになった。なぜなら【王位選争】は、この学園内で行われるからだ。

1

【王位選争】が始まる日。

ロアノーク王立学園——王侯貴族の通う学園で。

つまり【王位選争】に参加するということは、王立学園の生徒になることを意味する。よって『ただの留学生』のままでは、おれがイヴの守護者となるのは難しかった。レイジルはロアノーク寄りとはいえ、外国人であることに変わりはないので。

そこで管理官の協力を得て、『カイ・エルバード』というおれの偽装身分に追加要素を盛り込んだ。

『カイ・エルバード』はレイジル国民だが、出生を辿《たど》ればロアノーク人である、としたわけ。

——カイ・エルバードの母親は、息子を産んですぐレイジル国へ逃げた。夫（カイの父親）からの暴力に耐えきれずに。

なぜ国内ではなく海外に逃走したかといえば、夫は保安官に顔が利《き》いたから。保安官が捜索してきたら、どこに逃げても簡単に見つかってしまう——少なくとも、ＤＶ被害を受けている妻はそう思い込んだ。

発見されたら、今度こそ夫に殺されてしまう。だから中立国であるレイジルへ逃げ、新しい戸籍を買ったのだ。

この暴力夫の名を、ロブという。

ロブは実在する。5日前、飲酒運転のせいで事故死しているが。ロブには16年前、実際に暴力を振るっていた妻がいた。

その妻が、カイ・エルバードの母親という設定になっている。設定というのは、実際の妻は16年前ロブによって殺され、人知れず庭に埋められたからだ。

出来のいい偽《にせ》身分とは真実に接《つ》ぎ穂《ほ》したもの。

あとは『カイ・エルバードの真実』という偽《にせ》情報を、〈まだら雲〉の身辺調査チームに掴《つか》ませるだけ。あたかも〈まだら雲〉側が、自力で掘り出したかのようにして。

好都合なのは、ロブがすでに死んでいるため、〈まだら雲〉が当人を尋問することができないことだ。いいタイミングで事故死してくれたものだよな。

こうして『カイ・エルバード』が、ロアノーク人であることが判明。国籍問題はあったが、紙一重で【王位選争】への参加を認められたわけだが――

おっと順序が逆になったな。

まず、『なぜイヴはカイ・エルバードを守護者として選んだのか』という、カバーストーリーがあった。

他の王子王女の守護者とは異なり、おれとイヴの関係は薄い。ロアノークの防諜《ぼうちょう》機関を欺くには、相応の物語が必要だ。できるだけ打算に満ちた物語が。

なぜなら打算とは、誰もが理解できる共通言語だから。

たとえば結婚の動機として『一目惚《ひとめぼ》れでした』というのは、感情主体なので、必ずしも誰もが理解できるわけではない。とくに諜報員《ちょうほういん》というのは、利害関係で動くのに慣れているので。一方で『財産が目当てでした』というのなら、賛否はあっても、みなが理解はできる。損得の方程式に当てはまるから。

よっておれとイヴの、心温まる出会いの物語とは――こうだ。

長期留学中の学生カイ・エルバードは、ロアノークに来た記念に奴隷を抱きたかった。奴隷など他国ではお目にかかれない。そんなとき偶然に街角で見かけたのが、イヴ――打算①。

イヴは、カイ・エルバードとの会話の中で、彼が留学前の高校で首席だったと知る。頭脳明晰《めいせき》ということだ。守護者として使えるだろう――打算②。

カイ・エルバードは、イヴから己の血筋と【王位選争】のことを明かされ、さらに守護者を頼まれる。ただの留学生のカイ・エルバードにとっては、信じられない展開。怯《おび》える。断ろうとするが、イヴが先に言う。『わたくしはすでに明かしてしまいました。わたくしの秘密を――穢《けが》れた奴隷が、王の血を引いているという国家機密を。あなたは、それを知って無事に帰国できると思いますか？』と――脅迫。

カイ・エルバードは決意する。そこには脅迫されただけではなく、欲望も芽生えたからだ。万が一、イヴが女王に即位したら？　守護者の自分も、とんでもない立身出世ができるではないか、と――打算③。

こうして『イヴとカイ・エルバードの出会いの物語』は、防諜《ぼうちょう》機関にもすんなりと受け入れられた。

かくして現在――

「光栄なことですね、カイさん。ロアノーク王立学園という、歴史的な建造物に足を踏み入れることができるなんて」

心から感激している様子のイヴ。

喫茶店での誓いから2週間、イヴとは何度も打ち合わせで会っている。そうして分かったことは、イヴが表している感情は当てにならない。

イヴの内面は、未踏の地にある湖のようなものだ。湖面は澄んでいて綺麗《きれい》だが、その深さは底が知れない。

「まぁな。この建物が古いのは確かだよな」

ロアノーク王立学園は、かつては大神殿だった。ロアノーク建国のときに増改築し、王侯貴族の学び舎《まなや》としたのだ。

ただ厳密に『元神殿』なのは、教室棟のみ。学園の敷地《しきち》は広大で、王立図書館や貴族たちの豪華な寄宿舎、各王族たちの数ある私邸の一つなどがある。

おれとイヴは、そんな由緒《ゆいしょ》正しき王立学園に迷い込んだ部外者。周囲から注目されると思っていたが、実際はその反対。中庭にいて、何人も生徒が通り過ぎるが、まったく注目されない。

というより、道端の石ころと同じ扱い。石ころが落ちているのが視界に入っても、わざわざ意識を向けたりはしないということか。

「なぁイヴ、想像以上にアウェーだな」

教室棟の観察にも飽きたのか、イヴは小鳥を眺めていた。おれの問いかけに、ふしぎそうな顔をする。

「そうでしょうか？」

ハッとした。奴隷のイヴにとっては、これが日常なのか。

イヴは握った右手を軽く持ち上げて、

「死んだ母が言っていました。まことに心の清らかな者にだけ、モリズナは止まると」

モリズナとは、ロアノークの国鳥だ。そうか、あの小鳥はモリズナか。驚くことに、一羽のモリズナが飛んできて、イヴの右手に止まった。

「おお」

おれが感動していると、イヴは悪戯《いたずら》っぽく微笑《ほほえ》む。握った手を開くと、そこに隠されていたのは向日葵《ひまわり》の種。

モリズナは向日葵《ひまわり》の種を食べると、すぐに飛び去った。

「なんだ、種を握っていたのか」

「カイさん、何事にも種はあるものですよ。大切なのは、いつ仕込むのか。そして、いつ利用するのか」

授業が始まったのか、中庭から人がいなくなった。屋外だが集音マイクなどで声を拾われていないことを確認してから、おれは最終確認をした。

「今回の事業計画を知るのは〈ウォッチメイカー〉内でも一部だけだ。どこから情報が流出するか分からないからな。

計画全体を統括する幹部がヴォルヌにいるが、実質的なボスは管理官だ。彼女はロアノーク内で、偽装身分のもと暮らしている。先に言っておくが、資金の援助はまず見込めない。極秘計画ゆえに、本国から軍資金が回ってこないためだ」

さらに言うなら、管理官は守銭奴なので。

「分かりました。ところでカイさんの話ですと、〈ウォッチメイカー〉長官も、わたくしの計画はご存じないので？」

「ああ、知らせていない。〈ウォッチメイカー〉を立ち上げた初代長官ならともかく、二代目以降はハリボテだからな。次から次へと変わるので、重要な事業計画の詳細を上げる者はいなくなった」

「今回の事業計画を統括する幹部さんは、何を目的としているのでしょう？」

「計画が成功した暁には、長官を飛び越えて大統領にご報告するつもりだろうな。そして新たな長官の座を我が物にする。そうなったら『長期政権』となるだろう」

「わたくしが女王のうちは、ですね」

それから面白そうに付け足した。

「随分と秘密主義なのですね、〈ウォッチメイカー〉とは」

「ああ。だから〈ウォッチメイカー〉内にも複数派閥があって、常に手柄を取り合っている状態だ。諜報員《ちょうほう》はオープンな性格の者には向かないからね。有益な情報を取得しても、仲間と共有する代わりに、個人的に利用することを選ぶような連中だ。そんなのが集まっている組織なのだから、一枚岩とはいかないよ」

ふむ。身内の恥をさらしてしまったな。

〈まだら雲〉の運営委員が歩いてきたので、おれたちは話題を変えた。転入式が始まると伝えにきたようだ。

転入式——といっても、大講堂で行われるわけではない。おれたちが案内されたのは殺風景な部屋。どうやら校則違反の生徒用の反省室らしい。

そこで雑務処理のようにして、転入式は行われた。

イヴは悲しそうに吐息をつく。

「わたくしの家族とお会いできると思っていたので、残念です」

「家族ねぇ」

「血のつながりは大事ですものね。きっと心温まる出会いとなるでしょう。わたくし、待ちきれません」

心にもないことを、まるで本音のように話すものだな。

おれはイヴの家族――ライバルの王子王女たちに思いをはせる。

まずロアノークの王には、代々複数の正室が設けられる（女王の場合は異なるやり方が取られる）。

現国王にも12人の正室がいる。この12人の正室のもとに、子が一人ずつ。全員が4年以内に生まれていた。18歳から15歳の範囲内。唯一正室の子ではないイヴもそこに含まれ、16歳。

この異常な出産計画も、全ては【王位選争】のため。

【王位選争】――勝者は次なる君主となり、敗者は王族を追放されるゲーム。その盤上こそが、ロアノーク王立学園。

【王位選争】の歴史は、ロアノーク建国まで遡る。目的の一つは、玉座を巡る無用な争いを避けるためだ。

単純な王位継承順位システムでは不公平感が出てくるもの。継承順位の高い者は命を狙われるし、王族内での殺し合いは国家を弱体化させる。

よって【王位選争】のもとでは、全ての王子王女が対等となる。

これは憲法で定められたことだ。だから、たとえ国王でも逆らうことはできない。王もまたロアノーク憲法には従わねばならないからだ。

ここがよく出来ていて、王の絶対的な力は憲法で定められている。だから王が憲法を軽んじることは、己の権力を弱めることと同義。そして憲法によれば、たとえ奴隷に産まれた子だろうとも、王の血を引くならば参加する権利がある。

とはいえ、実際のところ『全ての王子王女が対等』ということはない。第一王子や第一王女が有利なのは事実。

貴族社会、軍部、教会。彼らにはそれぞれ支援する王子王女があり、支持基盤を構築する。

こういった勢力争いは、王子王女が産声《うぶごえ》を上げた瞬間から始まる。各王子王女の政治思想などは、この支持基盤に育てられたようなものだ。

たとえ数日でも早く産まれた王子王女のほうが、支持基盤は確固たるものになる。よって出生順位の第一王子、第一王女という並びが、そのまま勢力順位となってくる。

ではイヴはどうなのか。

唯一の味方は、おれ一人。

だがおれは『ただの留学生』ではない。ヴォルヌ連邦が誇る諜報《ちようほう》機関〈ウォッチメイカー〉

で鍛えられた諜報員《ちようほう》だ。イヴがこの切り札を鮮やかに使ってくれれば、逆転の目はある——と信じたい。

転入式が終わると、〈まだら雲〉の下《した》っ端《ぱ》から【王位選争】のルールが説明された。すべて事前に知らされてあるが、念のためというわけだろう。

せっかくなので、おれも再確認しておくか。

【王位選争】とは、簡単に言えば『国取りゲーム』だ。

ようは『国民』の取り合い。

この場合の国民とは、ロアノーク王立学園に通う全生徒を示す。

期間は1年間。卒業時に最大数の国民を支配下においている、すなわち『国力』が最大だった者が勝者となる。

勝者が次なる玉座に就く。敗北した王子王女は、王族から追放。

イヴに至っては処刑される。

イヴの処遇はもちろん最悪だが、他の王子王女への扱いもなかなかに苛烈。王族追放は、他国に王室が存在しなくなった戦後から取られたシステムだ。他国の王室との政略結婚が行われなくなった以上、王族の数が多くてもデメリットしかない、と。

さて——【王位選争】において、なぜ第一王子や第一王女が有利とされるのか。

それはスタート時の国民の数に理由がある。つまり王子王女によって、初めから国力は違うのだ。ここに王子王女の支持基盤による勢力図が、如実《にょじつ》に表れてくる。

詳しく見ていくと――

まずロアノーク王立学園の現生徒数は王子王女を除外して、2231人（そこにおれが含まれて2232人）。この2231人の生徒は、全員が貴族家の子供たち。

ただし貴族と一口にいっても、『純血』と『非純血』に分かれる。純血と言われる、建国時からの正統貴族は178家のみ。

対する非純血は、栄誉称号として与えられた貴族位だ。貴族のほとんどがこの非純血で、2万家近くある。

これは資本家に、片っ端から貴族位を与えてきた歴史があるためだ。革命を起こすのは資本家であり、先んじてその芽を潰すことが目的だとか。実際に王政は打倒されていないのだから、上手《うま》くいっているようだな。

貴族社会にも階級があり、まず純血が一等貴族。

続いて非純血の二等、三等……七等と続く。

かつて貴族の豊かさを支えたのは、領地の税収だった。現在は全ての領地がロアノークの国土であり、貴族の稼ぎは大企業の経営となっている。

この国では企業経営は貴族が優遇され、平民が経営している会社は、貴族企業の子会社だ。

経済の中心に貴族が収まるための仕組み。同時に、毎年のように貴族が増えている理由でもある。

　というのも、一定の資産を得た平民には、貴族位が授けられるから。そんなお手軽にもらえる貴族位でも、やはりロアノーク国内では有難味《ありがたみ》がある。いまの時代も、ステータスとして機能しているわけ。

　貴族については、位階が高いほど富と権力を握り、発言力は大きくなる。ただし【王位選争】では生家の階級など関係なく、一生徒は『一国民』に過ぎない。

【王位選争】開始時には、支持基盤のもと全ての生徒の『国籍』が確定する。どの王子王女の国民かは、勢力図のもとで自動決定というわけだ。

最大勢力を誇るのが、第一王子。名はルガス。スタート時の国民数は812人で、全体の約36％を手中に収めている。

続く勢力が第一王女で、名はサラ。ただ国民数は422人なので、すでに大きく水をあけられていることが分かる。

よって第一王子ルガスの場合、【王位選争】では積極的な行動には出なくていい。ただ国民を失う事態だけを避けて完了すれば――はい王様。

　一方、イヴの国民は何人だろうか。

　1人。このおれだけ。

　これでは不公平を通りこして、ゲームにならない。

だから『他国』から国民を奪う方法がある。

《挑戦》というシステムだ。

挑戦した相手と《決闘》を行い、勝利することで敗北した王子王女の国民を総取りにできる。

敗者は国民を失うことになるので、ゲームオーバー。【王位選争】から退場させられ、王族からの追放となる。

この《挑戦》を行えるのは、国民数が少ない側。つまり国力の低い王子王女からのみ。挑まれた側――国力の高い王子王女には、拒否権はない。

ただし挑まれた王子王女には、どの《決闘》を行うかの選択権がある。

《決闘》の種目は、【王位選争】のたびに増えてきたようで、現在は33種類。ただし実際に行われる《決闘》は、5~6種目というところだろう。

なぜ、そう言い切れるのか。実は【王位選争】開始の10日前に、全33種目のルールが明かされたのだ。

おれも守護者の権利で確認したが、《決闘》の出来は種目ごとに大きく異なる。ただの運頼みのものもあり、その手の《決闘》が選択されることはまず有りえない。

また過去の【王位選争】の記録は『神極秘』とされ、教会管理のもと閲覧不可となっている。ゆえに王族さえも開示できず、過去の【王位選争】の内容を知ることはできない。つまり過去の《決闘》記録を見て、攻略法をパクることはできないわけだ。

その上で、『国力の高い王子王女が《決闘》の種目を選べる』に戻る。全《決闘》種目をチェックすれば、このルールの重みがよく理解できる。

というのも《決闘》の中には、国力が高いほうが圧倒的に有利な種目があるからだ。

それがNo.8〈戦争《ウォー》〉。

もちろん本当に殺し合うのではなく、模擬戦。ただロアノーク軍人が参加し、演習弾を使うとはいえ実際の銃火器や戦車などが使用される。各王子王女は総指揮官となって、自軍を勝利に導くのだ。

この〈戦争〉では、軍の規模を決めるため『軍事費』が意味を成す。これは国力から自動で計算されるものだ。よって国力が高いほうが、より多くの軍事費を使えることになる。

実際の戦争と同じく、軍事力の差は如実《にょじつ》に表れる。国力が拮抗《きっこう》していない場合、いくら挑戦が可能でもただの自殺行為となるだけだろう。

逆にいえば、国力の高い側は〈戦争〉を選択することで、有利に《決闘》を運べるというわけ。

そして【王位選争】には、《決闘》の他にもう一つ重要な要素がある。

《弾劾》――すなわち弾劾投票だ。

これは国民側から唯一起こせるアクション。というのも国民は自分の意志では、『国籍』を変えることはできない。

そのかわりに、自分たちの当主である王子王女を弾劾する権利を持つ。弾劾されることは【王位選争】からの脱落を意味する。

《弾劾》に至る流れは――まず、各王子王女の有する全国民のうち1割が、要請書に署名する。国民が50人なら、5人の署名が不可欠となる。人数が達したら、弾劾投票の行われる合図だ。

弾劾投票の本番は、その王子王女が有する全国民での投票で行われる。いまの例で言えば、50人全員が投票に参加する。

投票で決めるのは、自分たちを支配している王子王女を弾劾するか否《いな》か。

国民の過半数が弾劾に投票したとき、その王子王女は敗者となる。

弾劾された王子王女が有していた国民は、『難民』となる。この難民は、他の王子王女が獲得できるわけだが――もちろん一筋縄の方法ではない。

とにかく仮定として、イヴが300人の国民を得たとしよう。

その300人は貴族の子供たちだ。奴隷の少女に支配されることを受け入れるはずがない。

弾劾投票が行われ、イヴは弾劾されてしまうのではないか？

難題は多い。

イヴと2人だけになったところで、問いかけてみた。

「君は本当に、卒業時に最大国力を獲得しているつもりなのか？」

1年後の【王位選争】の終了は、卒業も意味する。

なぜか？　勝者となった王子または王女は学園を卒業し、王宮で帝王学を学ぶことになるからだ。そして敗北した王子王女は、学園からも放校される。

イヴが小首を傾《かし》げた。

「最大国力を獲得しての卒業ですか？　わたくし、いつそのような目標を立てたのでしょう？」

「【王位選争】で勝者となって、女王になるんだろ？」

「はい」

なんだ、この食い違いは。何か致命的な前提を間違えているのか？

「イヴ。どうやって勝者になるつもりだ？」

イヴは答えた。あまりに当然という口調で、

「完全勝利ですよ」

完全勝利——一人の王子または王女が、学園の全国民を総取りにした時。

たった一つの超大国を作り上げた時。【王位選争】は1年の期限を待たずして、終了となる。

戦う相手がいなくなるのだから、当然だな。

起こりえそうで、起こりえない現象。たいていは複数の『国家』が残った状態で1年が終わり、終結となるようだ（これくらいの情報は、『神極秘』でも明かされてある）。

だがイヴは、完全なる大勝を目論《もくろ》んでいる。

今のところ、国力たった1人の王女が。

「おれが間違っていた。最大国力で【王位選争】を終えるとか、そんな退屈なビジョンではなかったんだな。君が見ているものは」

イヴは無邪気にほほ笑んだ。

「お分かりいただけて、嬉《うれ》しいです」

2

王立学園のクラスは全部で15あり、《不死王》《殲滅《せんめつ》王》……という具合に、大仰な名称がつけられていた。

これらのクラス名は、サウザンド王国で名を轟《とどろ》かせた歴代国王たちの通り名から取られている。サウザンド王国とは何かといえば、この国が周辺諸国を征服していき、800年前に成立した王国こそがロアノーク。

クラス分けは履修登録によって決められている。各王子王女の支持基盤が口出しをしただろうことは、想像に難《かた》くないが。

そもそも【王位選争】が始まる前から、イヴ以外の王子王女はこの学園に在籍している。開始前から、いずれライバルの国民となる生徒相手に工作することも不可能ではなかった。イヴには無理な策なので、不利な要素となる。

とにかく、おれとイヴは《不死王》クラス。

イヴと同じクラスだったのはありがたい。運営委員会のせめてもの配慮か――または数合わせの結果、偶然同じになったか。おれは後者だと思うね。

現在、《不死王》クラスで最大勢力を誇るのが、第二王女のジェシカだ。現在というのは【王位選争】が進むうちに、『国民』の数は変わるので。

ちなみにクラスではなく全体国民では、ジェシカ王女の国力は四番手の126人。

ジェシカは端正な顔立ちをした王女。艶《つや》やかな黒髪はセミロング、アプリコットブラウンの瞳は、国王ではなく母親からの遺伝だろう。学園の制服を着崩して、耳にはピアス。たいてい棒付きキャンディをくわえている。

観察していてすぐに気づいたのだが、ジェシカは己の国民たちに親しく声をかけて、まるで友達のように振る舞っていた。

一見したところ王族として偉ぶることのない、気さくな性格に思える。しかしさらに観察していくと、細かいことで『自国民』たちを区別しているのが分かった。

あからさまではなく、それでいて明確にランク付けをしているのだ。どの自国民がお気に入りであり、どの自国民を嫌っているか示している。

自分の国民を競い合わせ、良《い》い働きをさせるのが目的だ。ランク付けの匙《さじ》加減《げん》が絶妙なので、自国民たちはジェシカからの評価を上げようと努力することはあっても、反感を抱くことはないのだろう。

☆☆☆

ロアノーク王立学園の授業は、科目ごとに専用の教室で行われる。そのため授業ごとに学園内を移動することになる。

元の神殿に増改築を繰り返したため、教室棟は迷路状態。時代ごとの工事が蓄積していった結果、開かない扉、行き止まりの階段なども生み出された。やれやれ、早いうちにいざという時用の逃走ルートを選定しておかねばならないのに、これは骨だな。

ランチを挟み、5時限目は歴史。

ロアノークの歴史は嫌というほど、〈ウォッチメイカー〉の訓練生だったころに叩《たた》き込《こ》まれている。正直、母国であるヴォルヌより詳しいくらいだ。

だからこそ、最も面白い授業となった。ロアノークの王侯貴族には、どの歴史を教えて、どの歴史を隠滅するのか。またどのように改竄《かいざん》して教えるのか。仮想敵国の諜報《ちょうほう》員の目で眺めると、さまざまなことが見えてくる。

それはそれとして、気になるのが――5時限目の席だ。

イヴの隣に、ジェシカが腰かけている。基本的に教室での席は自由。イヴの指示で、おれたちは離れた席を選ぶことにしていた。異なる視点からクラス内を観察するため。

そして先に席についていたイヴの隣へと、ジェシカが自ら腰かけたのだ。しかも取り巻きたちは、そばには近づけずに。

もちろん同じ王女として、接触はあるだろうと思ってはいた。が、初日からとはさすがに想定していなかったな。

あいにく距離が離れていて、2人が授業中に会話をしていても聞き取れない。後ろの席なので、せっかく叩《たた》き込《こ》まれた読唇術《どくしんじゅつ》も役に立たず。

授業が終わったところで、おれは席を立ちイヴのもとに向かった。先に視線を向けてきたのは、ジェシカだ。

「ふーん。キミが、イヴの〈守護者〉ってわけ？」

おれは額に右手の甲を当てて、頭を下げた。サウザンド王国時代からの『絶対服従』の姿勢だ。ヴォルヌ人のおれからしてみたら、変てこなポーズでしかないが。

「お会いできて光栄です、ジェシカ王女殿下。私は、カイ・エルバードと申します。殿下の道が永遠に栄光のもとで輝きますように」

殿下の道が〜からの文句も、王族に対して敬意を表するための定型挨拶。実際のところ【王位選争】が終われば、勝者を除いた全ての王子王女は『栄光』を奪われるがね。

「ありがと、エルバートくん。ねぇ、キミの王女は素晴らしい人だね。生まれてからずっと奴隷だったなんて、あたしは信じられないよ。だってさ、ほら」

ジェシカはイヴへと顔を近づける。いまにもキスしそうなほどに。そしてあからさまに匂いをかいだ。

「ぜんぜん臭くないし」

ふむ。とりあえず、嫌な女ということは分かった。

ジェシカは軽やかに立ち上がり、イヴの頭をぽんぽんと叩《たた》く。子犬に対してするように。

「じゃぁね、イヴ。また話そうね」

イヴは心から嬉《うれ》しそうに微笑《ほほえ》んで、

「気にかけていただいて感謝します、ジェシカお姉さま」

ジェシカは面白い発見でもしたように、イヴを眺めた。

「そうだねぇ、あたしの妹」

イヴは奴隷戸籍のままだが、【王位選争】の間だけは第七王女という身分でもある。まさしく奴隷王女。

ジェシカが取り巻きたちと去ったところで、おれはイヴの隣に腰かけた。

「授業中、ずっと話していただろ。ジェシカの目的は何だったんだ?」

「ただの値踏みでしたよ。わたくしが無害かどうか確かめたかったのでしょう」

もちろんイヴは、無害として振る舞ったのだろう。軽んじられているほうが動きやすい。そして相手のことを値踏みしていたのは、何もジェシカだけではない。

「さて、イヴ。ジェシカだが、何か分かったことは？　性格が悪いという以外で」

「ジェシカお姉さまに悪気はありませんよ。会話中、わたくしのことを4回も『可愛《かわい》い』と言ってくださいましたし。

それと〈人物評〉では、ジェシカお姉さまの知能については、あまり高い評価ではありませんでしたね？」

「ああ」

〈人物評〉とは、〈ウォッチメイカー〉のアナリストによる各王子王女の人物分析のこと。〈ウォッチメイカー〉は他にも、王子王女の業績や、支持基盤の詳細などなど、役立ちそうな大量の情報を提供してくれた。

これらの情報はデータ化され、コンパクト化粧鏡に偽装した記録端末に入っている。化粧鏡を選んだのは、イヴのものだからだ。

「ですが〈人物評〉は、ジェシカを見誤っていますね。知能について、過小評価しすぎでしょう」

「そう思うか？」

「ジェシカは、わたくしの爪を触りながら、『どんなネイルが似合うかな』と話してくれましてね」

「そういや、ジェシカはネイルしているな」

「表面的には他愛ない話ですが、ジェシカの狙いは深いところにあります。わたくしの爪の状態を見ることで、わたくしの栄養状態を確認していたのでしょう」

「なるほど。爪は『健康状態を映すバロメーター』ともいうからな。それに生え変わるまで4～6か月はかかるから、その期間のぶんを確認ができる。だがジェシカは、君のこれまでの栄養状態なんてチェックして、何がしたかったんだ？」

「わたくしは奴隷として生きてきたのですよ。それなのに――あいにく、なことに、わたくしの爪が主張しているのは、何か月も前からずっと健康だったというもの。

奴隷と栄養失調はセットのようなものなのに、わたくしは例外。そこからジェシカは、次のように読み取ってきたでしょう。

〔奴隷でありながら、栄養状態に問題がない。よほど良心的な奴隷主に飼われていた？――否。そんな人物ならば、そもそも奴隷制には反対しているはず。

ならば劣悪な環境の中でも、この女は上手《うま》く立ち回っていたのだろう。ちゃんと栄養を摂《と》れるように、周囲の環境を作り変えていった。そんなことができる相手は、断じて無害などではない〕と」

実際、イヴは奴隷でありながら、主人の一家を支配下に置いていたわけだからなぁ。

そんな本質を、ジェシカはさっそく見抜いてきたというわけか？　イヴのこの推測が正しければ、第二王女は想定よりも厄介なプレイヤーということになる。

「面倒だな。当分のあいだは、無害だからと放っておいて欲しかった。そうだろ？」

「いいえ、これで構いません。わたくしが使いやすい駒となりえることを、いまのうちからお知らせしておきましょう」

「そうか」

「あ、それと――ジェシカのことで、もうひとつ分かったことがありますよ」

「なんだ？」

イヴはウインクした。

「甘酸《あまず》っぱい良《い》い香りがします」

3

入学して最初の3日間は、何も起きなかった。まだ【王位選争】は序盤も序盤。それぞれの王子王女も盤上に駒を配置し、様子を見ているときか。

放課後。おれはじっくり考えてみることにした。

場所は、ロアノーク王立学園の広大なる敷地《しきち》の端っこにある、小さなコテージ。ここがおれとイヴに与えられた宿舎だ。盗聴器などの監視装置が取りつけられていないことは、確認済み。

ちなみに王族は敷地《しきち》内に私邸が用意され、貴族たちは高級ホテル然とした宿舎で寝泊まりしている。

さて——そもそも【王位選争】というものは、目まぐるしく盤上が動くゲームではない。

まず国力が低い王子王女は、当然ながら慎重な動きを要求される。《挑戦》したところで、高い確率で〈戦争〉が選ばれるからだ。国力差を考えずに挑めば、返り討ちは目に見えている。

せめて戦略は練っておかねばならない。

では国力の強い王子王女はどうか。

スタート時点で国力が強いと言い切れるのは、

第一王子ルガス：国力８１２人。
第一王女サラ：国力４２２人。
第二王子ディーン：国力２８６人。
第二王女ジェシカ：国力１２６人。
第三王子クリストフ：国力１１２人。

この５人だけで、全体の約78％を有する。ルガスが飛び抜けているのは、今更だが。

国力の強い王子王女がまず注意せねばならないのは、《弾劾》だろう。弾劾投票だけが、一撃で足をすくわれかねない要因。

だからこそ、謀反《むほん》がないよう自国民たちを手なずけておかねばならない。自国民に忠誠心があるなら簡単だろうが、どうだろう？

国民たちも愚かではない。損得勘定は常にしているはずだ。

王子王女側も『私が王となった暁には、【王位選争】で国民だった者へ利益を与える』とかいう密約はしていそうだがな。

ただ密約だって、差別化は必要になる。たとえば最終的に1800人の自国民を得て、【王位選争】を終えたとしよう。

まさか全員に、同じだけの利得を与えるわけにはいくまい。初期に国民だった者を優遇するのが、自然な成り行きだ。

となると真に注意するべきは、新たな国民を獲得した時か。

実は国籍移動が行われたさい、弾劾投票を要請するか否《いな》かの問いかけが国民に対して提示される。この『問いかけ』ターンが終わって初めて、正式に新たな国籍となるのだ。

どういうことか。

たとえばサラ王女が奇策を弄して、ルガス王子に〈戦争〉で勝利したとする。ルガスの国民812人を総取りだ。

このとき新旧あわせた国民たちに、サラへの弾劾投票を行うかの問いかけがある。

サラの全国民は一気に１２３４人。そして所有する国民の１割が要請すれば、弾劾投票の開始。

つまり元ルガス国民だけで、簡単に１２３人の要請がされてしまう状況となる。

さらに本番の弾劾投票でも、元ルガス国民が悩みの種となる。

自国民の過半数が弾劾に投票すれば、サラは追放される。もともとのサラの国民は、続投に投票するだろう。だが過半数の６１８人には、まだ１９６人も足りていない。こうも言える。元ルガス国民のうち、６１８人が弾劾に投票してしまえば一巻の終わり。

ルガスが追放された以上、ルガスとの密約も機能しない。かといってサラの国民になったかかといってサラの国民になったからといって、甘い蜜を吸えるわけでもない。

この展開なら、弾劾に投票する者も少なくないだろう。

サラの対抗策としては、事前にルガス国民を１９６人買収しておくか、弾劾投票のとき許される5分の演説で説得するか。

『ジャイアントキリング』には、常に弾劾投票の危険がついてまわる。

二番手のサラでさえ、ルガスを倒すのはこれほど難題なのだ。いま国力1人のイヴがいつか成し得たなら、奇跡中の奇跡だな。

とにかく――当分は【王位選争】が動くことはないだろう。

この点、イヴはどう考えているのか。質問するため部屋にお邪魔すると、イヴは手品の本を読んでいた。

「カイさん。難しい顔をして、どうされました?」

書物から顔を上げていないのに、なんでおれの表情が分かるのかね。

「なぁ、イヴ。ヘタすると【王位選争】は、たいした動きがなく終盤まで行くんじゃないか? 国力が同数でスタートしているのならともかく、始まりからして開きがありすぎる。とくにルガスだ。現実問題として、ルガスを倒せる者などいるのか?

勢力としては次点のサラでさえ、ルガスとの国力差は390人。これでは《挑戦》しても、ルガスは確実に〈戦争〉を選択してくる。

そして軍事費による戦力差は絶望的であり、サラでさえも勝てるとは思えない。他の王子王女ならば尚更《なおさら》だ。出来レースと揶揄《やゆ》されても仕方ないレベルだ」

やっと視線を向けてきて、

「ルガス王子の倒しかたですか?　そうですね。いくつかありますが、弾劾投票を起こさせるのが手っ取り早いでしょう」

弾劾投票が起こるのを待つのではなく、起こさせるのか。

「そうか、情報工作だな。弾劾投票へと持っていくために、ルガスの国民が反感を抱くよう仕向けるわけだ。

『ルガスが王となれば国民は不利益をこうむる』という偽《にせ》情報を流すだけでも効果はある。だが当然、ルガスもそれは予期しているよな？」

「ええ。ルガスの対策としては、信用の置ける側近の自国民を『耳』とすることでしょう。ポイントは、その側近とは人前で接触しないことです。側近に、ルガスとは直接の知りあいではない国民を演じさせるのです。

ルガスの側近と周知されていては、謀反《むほん》の計画を隠されますからね。その反対に『その他大勢』の国民ならば、さまざまな情報が入ることでしょう。敵からの情報工作が行われれば、この側近がキャッチする。そこからルガスにも情報がすぐ届き、対応に遅れが出ずに済みます」

「いずれにせよ、すでに国力の高い王子王女たちだけの戦いだな。国力の低い王子王女は傍観しているしかない」

「いいえ。国力が低いなら低いなりに、少しでも国力を高めるため努力をされますよ」

「王を目指してか？」

「いいえ。国力の低い王子王女が狙っているのは、【王位選争】終盤での『身売り』です」

「『身売り』？」

「はい、国力の低い方々は次のように考えています。

〔現在はルガスが突出しているが、終盤での盤上は分からない。もしかすると、ルガスとサラが拮抗《きっこう》しているかもしれない。そうすれば二人は、少しでも自らの国力を高めようとするだろう」と。

　ですがこの【王位選争】というゲーム。国力の高い者が、国力の低い者から搾取《さくしゅ》することはできません。《挑戦》できるのは、国力の低い側だけですからね。そのような状態で、効率的に『他国』の国民を得る方法とは？　国力の低い者から『買う』しかありません」

「買収か」

「金銭的なものとは限りません。王に即位したら便宜を図る、などの約束のほうが強いでしょう」

「王族を追放された者への便宜とは、なんだろうな？」

「権力でしょうね。王政権内に役職を用意するとか、〈まだら雲〉に席を確保するとか。そして、【王位選争】での国力の価値とは――」

「終盤戦になるほどに吊《つ》り上《あ》がる。もちろんそれまでに、勝負が決まってなければの話だが」

「はい」

【王位選争】では、国民は自由意志で国籍を変えることはできない。

　また王子王女のほうも、国民の一部を譲渡するような権利はない。

　唯一可能なのは、全国民の譲渡のみ。これは正式な譲渡書に、譲渡する王子王女、さらにその守護者が署名することで行われる。

　少しでも好条件で身売りするためには、少しでも国力があったほうがいい。だから国力の低い王子王女にも、【王位選争】を積極的にプレイする動機がある。あとは身売り先が、無事に王となるのを祈るのみか。

「とはいえ、現状ではルガスが圧倒的に有利。それはくつがえらない」

「はい。ですがルガスは現状を見て、安心しているのでしょうか？　わたくしはそうは思いません。あまりに強すぎる国力を有したことで、通常ならば起こりえないことを誘発するかもしれないのですから」

「通常ならば起こりえないこと？」

イヴはふいに甘えるように言う。

「美味《おい》しいココアが飲みたいですね」

「はいはい、お姫様」

キッチンに行き、ココアを淹《い》れて来てやる。イヴは最上の飲み物を味わうようだ。猫舌は相変わらずだが。

「で、何が起こるって？」

「同盟ですよ、カイさん。それも国力の強い者同士による同盟です」

「第一王女のサラと、第二王子のディーンとかか？」

「はい。【王位選争】の性質上、同盟関係はそうそう結ばれるものではありません。しかしながら、打倒ルガスの旗印のもとでは起こりえることです」

サラの国力422人と、ディーンの国力286人が合わされば708人。それでもルガスの812人には及ばないが——いや、さらに同盟する王子王女が増えたらどうだ？　ルガスも〈戦争〉で必勝とは限らなくなってくる。もしかすると他の種目を選択することになるかもしれない。

「【王位選争】のルールでは、同盟を結んだ場合、ひとりの盟主を選ばねばならないわけだが——」

この盟主が、同盟関係にある王子王女の全国民を管理する。

ようは一時的とはいえ、総取りにした状況だ。これは盟主になれなかった王子王女としては、不公平感しかない。また自分の国民をこのまま奪い取られるのでは、という不安も抱くだろう。

だから同盟が結ばれることは稀《まれ》なわけだ。

もちろん、国力の低い王子王女を買収しての同盟はありえる。だが、それならば丸ごと国民を買うだろう。

『身売り』する気のない王子王女たち、すなわち【王位選争】での勝利を狙っている者たちが同盟を結び、一人が盟主となる。そんなことが起こりえる要因とは——。

ルガスのように、1人の国力が突出した場合だけか。

「上位の王子王女で潰し合ってくれたら、楽なんだがね」

【王位選争】では争いで疲弊するということはない。《決闘》で勝利した王子王女は、無傷のまま相手国民を総取りにできるのだから。まぁメンタルのダメージは蓄積されるかもしれないが。

「潰し合いなどされたら、退屈ではありませんか」

「負けたら処刑コースって忘れてないか、イヴさんや？」

「カイさん。楽しい未来だけを見ていることが、心穏やかでいられるコツですよ」

ところでイヴには、すでに5人の友人ができていた。その中にはジェシカの国民が2人いるが、別に仕込みというわけでもなさそう。

これはちょっとした異常事態だな。

【王位選争】で敗北すれば奴隷として処刑されるイヴに、こうも易々と友人ができるとは。貴族の子女は、損得勘定だけで動くものと思っていたが。

「カイさん。人間には、善徳を積みたいという欲求があるものですよ。全員ではありませんがね。少なからずの貴族の方が、そのような『欲望』を抱いているのですね。わたくしの存在は、彼らの心をくすぐるのでしょう」

なるほど。全ての貴族家が奴隷制度に賛成しているわけではない。中には反対の立場を取る貴族家もある。もちろん政治的な立場から、そう主張しているだけの場合も少なくないが。

一方で、心から奴隷制度を廃止したいと思う者もいる。そのような思想を持つ者は、クラスメイトの中にもいるだろう。イヴの友人とは、彼らのことか。

「だが、それが真の友達といえるのか？」

「真の友達の定義とは何でしょうか？　そのような到達点があるとしても、一朝一夕でたどり着けるものではないでしょう。長い月日を重ねて、熟成していくもののはず」

「道理だな。で、おれと君の関係は？」

イヴはココアを飲み干して、幸せそうに微笑《ほほえ》む。

「一日会った瞬間から、ソウルメイトです」

4

さらに3日経過。

何ら動きなし。普通に学生をしているだけ。イヴは楽しそうだが——

いまも農学授業の一環として、生徒たちは好きな植物を栽培地に植えることになった。おれは無難なカブにしたが、イヴが選んだのは食虫植物の種。

「この子は、腹ペコちゃんと名付けましょう。モリズナさえも丸のみにできるくらい、すくすくと成長することでしょう」

「国鳥を食べたら、罰が当たるんじゃないか？　しかも食虫植物が」

「弱肉強食を体現するのが、わたくしの腹ペコちゃんなのです。きっと可愛《かわい》い子になりますよ」

「ところでイヴ。そろそろ敵情視察でもしようかと思うんだが」

【王位選争】の鍵を握っている上位の王子と王女——すなわちルガスとサラ。クラスが違うこともあって、いまだ一度も姿さえ見ていない。

種の上を土で覆いながら、イヴが言う。

「でしたら、2つお願いをしてもよろしいでしょうか？」

「何でも言ってくれ」

「ありがとうございます。お願いというのは——ルガス王子とお話しして接点を作り、サラ王女を王盤試合で叩《たた》きのめしていただきたいのです」

発芽に必要な水を撒《ま》く。この植物が育つまで、おれたちは学園にいられるだろうか。

「面白そうだな。難題だが、とくに後者が」

「では手順をご説明します」

5

王子王女は13歳の誕生日を迎えると、己のエンブレムを与えられる。【王位選争】では、それがそのまま『国旗』代わりとなるわけだ。

よって国民たちは属する王子王女のエンブレムを制服の肩につけることで自らの国籍を示す。イヴにも第七王女としてエンブレムが与えられた。ただし、奴隷の印をもとにして作られたものだが。それは鉄格子のエンブレム。

侮辱的な話だが――イヴの見方は違う。転入初日に言っていたのは、

――「わたくしが全国民を総取りしたとき――すべての貴族の子女たちが奴隷のエンブレムを身に付けることになるのですよ？　これが真の平等ですね、カイさん」

イヴのお願いのひとつ目、ルガスと接点を持つこと。

ルガスのクラスは《殲滅王《せんめつ》》だ。《殲滅王《せんめつ》》の時間割は取得しており、もうじき経営学の教室から出てくるだろう。このために、こっちは授業を早く抜け出してきた。

ほら、来た。ルガスが取り巻きを連れて、歩いてくる。

学園内でのルガスの立ち位置は、すでに君主に近い。ルガスが歩く先では、大半の国民が道を譲るだけではなく、敬意を表して頭を下げる。それを行わないのは、サラの国民くらいなものだろう。

おれも通路の端に立ち、頭を下げる。イヴ曰《いわ》く、ルガスの視界にさえ入れば第一条件はクリアされるそうだ。向こうから声をかけてくる、と。

目の前で、ルガスが立ち止まる。おれは頭を下げているので、感じ取れるのは気配だけだが。

「君は、僕の新しい妹の守護者だね。さ、顔を上げてくれたまえ」

そう気さくに声をかけられた。

イヴの読み通りの展開。ルガスがおれに声をかけるのは、何を隠そうイヴに興味を持っているからだとか。並々ならぬ興味を。

イヴの考えでは、サラやディーンは『奴隷王女』など眼中にない。だがルガスは違う。王子王女の中でルガスだけが、イヴを脅威と見なしている。

これは不可解な仮説だよな。圧倒的な国力を誇るルガスが、わずか国力1人のイヴを恐れるなどありえるのか？

おれがそう疑問を口にすると、イヴは懇切丁寧に解説してくれたものだ。

「ルガス王子は、奴隷に恐れを抱いています。当人は自覚がないでしょうが事実です。〈ウォッチメイカー〉のアナリストも見落としていますが、わたくしには分かります。

なぜか？　ルガスは、わたくしと似ているからですよ。少なくとも思考の進め方が。わたくしもルガスも、対象を深く理解するところから始めます。

ところがルガスには、奴隷は理解できないのです。もちろん王族の誰しもが、最底辺に生きる奴隷など理解できないでしょう。ただサラ王女やディーン王子は、理解できないからといって気にも留《と》めていない。彼らにとっては、まず打倒すべきルガスを理解することが先決だからです。

一方、ルガスはどうでしょう？　ルガスはとっくに、サラやディーンを解析し終えています。他の王子王女に対しても、その心理が手に取るように分かる。ゆえに恐れるに足らず。しかし、わたくしだけは違うのです。奴隷として生きてきた『第七王女イヴ』だけは、簡単に解析できるはずがない。

わたくしは王族を理解できますが、王族のルガスは奴隷が理解できない。理解できなければ行動は読めず、行動が読めなければ対策は立てられない。かくしてルガスにとって、わたくしは無視できない存在となるのです」

イヴには、ルガスの心理が読めるという。現にルガスは、こうしておれに声をかけてきた。一手目から、イヴが行動を読み切っている。

おれは頭を下げたままで、額に右手の甲を当てた。

「お目にかかれて光栄です、ルガス王子殿下。おっしゃる通り、私は第七王女イヴの守護者、カイ・エルバードと申します。殿下の道が永遠に栄光の——」

しかし途中で遮られる。

「いいから、エルバード君。さ、顔を上げてくれ」

顔を上げて、ルガスを見やる。写真などでは何度も見ているが、本人を間近で見るのは初めてだ。ブロンドの髪、蒼《あお》い眼《め》、高い鼻。エンブレムは王冠。

ルガスをひとことで言うならば、『サウザンド人らしいサウザンド人』だな。

かつてサウザンド王国が近隣諸国を征服して生まれたのが、いまのロアノーク王国。王国名を変えたのは、征服したという歴史的事実を葬《ほうむ》り去《さ》るためだろう。

だが征服の痕跡は今も残っている。ロアノークの王族と純血貴族は、サウザンド王朝から脈々と続く支配階層なのだから。

「僕はね、その定式化された挨拶が大嫌いなんだよ。『殿下の道が永遠に〜』と、物心ついたころから何万と聞かされてきたからね。君だって、王族を見かけるたび毎度同じ挨拶では、飽きるだろ？」

そう言ってルガスは、魅力的な微笑《ほほえ》みを浮かべた。

〈ウォッチメイカー〉では、こういうのを『詐欺師の微笑《ほほえ》み』と呼んでいる。他者を取り込み、警戒心を解かせるための計算し尽くされた微笑《ほほえ》み。

二流がやっても胡散臭《うさんくさ》いだけだが、一流だと効果は抜群。ルガスは超一流のようだ。この男なら、悪魔だって魅了することができるだろう。

おれは頭を下げなおしてから、熱心な口調で答える。

「申し訳ございません、ルガス殿下。私は心から申したのですが、殿下は欺瞞《ぎまん》をお感じになりましたでしょうか？　定式化された挨拶などとんでもございません。私の望みは、殿下の道が永遠に栄光のもとで輝くことでございます」

顔を上げると、ルガスが屈託なく笑っている。

「そうか、そうか。君のような素晴らしい臣民に恵まれて、僕も幸せだよ」

善良そうな男である。即位した暁には、奴隷収容法を発動しようとしている男とは思えない。〈ウォッチメイカー〉の報告から、揺るぎない事実のようだがね。

ルガスの支持基盤からして、奴隷不要を唱える貴族たちだ。『不要』といっても、それは奴隷の解放を意味しない。

奴隷を自由にさせていると、いつまた反乱を起こすか分からない。全奴隷を鎖につなぐのが、国家安泰のためには不可欠である、と。

『奴隷を自由にさせている』の矛盾に、ここの貴族の誰も気づいていないらしい。

いやルガスは気づいているのだろう。だからといって、わざわざ指摘することはしないだろうがね。支持基盤に応えるようにして、ルガスは奴隷収容法を準備している。

そもそも現在ロアノーク王国にいる約500万人の奴隷とは、何か？

その8割は、アガス王国の末裔《まつえい》とされている。アガスとは、最後までサウザンド王国に逆らい続けた王国だ。サウザンドに領土を支配されてからも屈せず、今でいうゲリラ戦を行い徹底抗戦した。

対してサウザンドは殲滅《せんめつ》戦を行い、生き残ったアガス国民を奴隷としたのだ。このアガスの末裔《まつえい》は、いまだに隷属から逃れられずにいる。奴隷戸籍法のせいだな。

奴隷嫌いの王子が心配そうに言う。

「イヴくんは大丈夫かい？　学園生活に馴染《なじ》んでくれているといいんだが？」

「お気遣いいただき感謝いたします。おかげさまで、我が主は充実した学園生活を送っております」

「なら良かった。困ったことがあったら、何でも僕に言ってくれたまえ。イヴくんは、僕にとって大事な家族――大事な妹なのだからね」

残念なことに、ルガスは暗愚ではない。権力にあぐらをかいているだけのバカ王子だったら、どんなに良かったか。

これはサラにも言えることだ。この2人だけは、すでに他国との外交交渉を行い、成果も出している。

次なる王は、ルガスかサラ――他国の中枢はそう読み取っているだろう。

ヴォルヌとしては、どちらともに一長一短ある。ルガスが王となれば、奴隷収容法などで奴隷差別が激しくなるだろう。国際社会の批判は強まり、ヴォルヌはロアノークを『悪者』にできる。

ただ君主として交渉がやりやすいのは、サラだろう。ルガスの場合、まともに交渉のテーブルに着くかも不透明。実害のない笑みを浮かべながら、たやすく侵略行為に走りかねない。

まぁ、イヴが女王に即位すれば済む話だがね。

「殿下、有難《ありがた》きお言葉に痛み入ります」

ルガスはひとまず良しとしたようで、微笑《ほほえ》みを残して歩き去った。

ルガスとの接触を、ここからイヴがどう発展させていくのか。【王位選争】で勝つためには、この第一王子の首は必ず獲《と》らねばならない。

☆☆☆

ルガスと接点を作るという、イヴからの『お願い』のひとつ目を無事にクリア。

イヴに報告するため教室棟内を歩いていると、二か国間の交流が目に入った。エンブレムは、高貴なる花と燃える炎。すなわちサラ王女の国民たちと、ディーン王子の国民たちが仲良く談笑している。

他国の者とあからさまに親しくしているのは、この二か国だけだな。国民同士の仲が良好なのは、そのままサラとディーンの関係性に当てはめられる。

これは、ルガスにプレッシャーをかけているのだろうか？　我々はいつでも同盟を結べるのだ、と暗に伝えているのか。

または、すでに同盟が行われている可能性もある。たとえ同盟を結んでも、それを宣言する義務はない。

もちろん運営委員会には伝え、同盟誓約書に署名し、盟主を決める必要はある。ただ同盟の事実をライバル王子王女や、他国民に告知する義務はない。極端な話、自国民にさえ黙っていても構わない。

　面白いのは、運営委員会が同盟を発表することもないということだ。可能な限り不干渉であろうとしているわけだな。

　さらにあるルールを利用すると、騙《だま》し討ちが可能となる。

《挑戦》を行うとき、名を明かすのは盟主のみで良《い》いというルールだ。《決闘》に〈戦争〉が選ばれたときでさえも変わらない。

　これが何を意味するか？　同盟を結んでいることを隠したまま、戦場での開戦まで持ち込めるかもしれないのだ。

　たとえばルガスは、サラからの《挑戦》に対して〈戦争〉を選択する。このときルガスは、サラの軍事力を国民数４２２人から計算するだろう。だが、すでにサラがディーンと同盟を結んでいたらどうなるか？

　この場合、サラ・ディーン同盟の総合国力は７０８人。ルガスはいざ〈戦争〉となって、想定よりも敵軍が強力であることを知る。

　問題は、おれが思いつく奇策などは、とっくにルガスも想定しているだろうということか。ルガスの度肝を抜くためには、もっと奴《やつ》の思考を超えていかねばならない。

　言ってみれば、ぶっとんだ策が必要だ。

ちなみに同盟による総合国力で、相手を上回ってしまった場合は《挑戦》する権利を失う。ここでも『国力の低い側からのみ挑める』ルールが適用されるため。

「サラ王女か……」

イヴのふたつ目の『お願い』は、『サラを王盤で叩《たた》きのめす』こと。条件が整うためには、数日は待つことになるだろうな。

6

4日後。

イヴの予想通り、ある王盤大会が開かれるとの情報が耳に入った。

サラ王女が主催する王盤大会だ。

王盤とは、ロアノーク発祥のボードゲーム。分類は、二人零和無限確定完全情報ゲーム。

盤上には148もの升目。プレイヤーは37個（11種類）の駒を動かして、対局相手の王駒を狙う。王駒を獲《と》ることが勝利条件。

世界で最も複雑なゲームとも評される。勝利するためには、深い知略が必要となるわけだ。

また王侯貴族の嗜《たしな》みともされ、『高貴なる者の遊戯』とも呼称されている。

《決闘》の33種類の中にある№1〈王盤《マインド》〉とは、まさしくこの王盤による対局のこと。

　さて。第一王女が主催する王盤大会には、国民であるならば誰でも参加が可能。サラの国民以外でも参加できるわけだ。一方で王子王女は参加不可。

　王子王女同士の対局では、《決闘》の〈王盤〉にカウントされてしまうためだ。

　この大会はトーナメント方式で、優勝した国民には『サラ王女と対戦する』権利が与えられる。

　おれはさっそく大会参加の用紙に記入し、申し込んだ。開催日は来週の頭だ。

☆☆☆

【王位選争】が始まる前から、イヴ以外の王子王女はロアノーク王立学園の生徒だった。そのため、学生としての習慣が完成している。

　今回の王盤大会もその一つで、サラは2年連続でこの時期に主催してきた。

　ただ3年目の今年は、【王位選争】の真っ最中。主催を控えてくるものと思ったが、イヴの考えは反対だった。

「これまで2度開催された王盤大会は、【王位選争】のための布石だったのですよ」

「この時期に、王盤大会を主催するメリットとは？」

「課報員《ちょうほう》の方が大好きな、アレですよ。引き抜き工作です」

放課後。コテージに戻ったおれは、イヴと王盤を指している。というより、イヴから王盤の教えを受けていた。

イヴは奴隷ながらも、幼少期から王盤に親しんできたという。はじめは母親に教わったようだ。そのときから【王位選争】の準備を始めていたのでは、と勘繰りたくなる。

「引き抜きねぇ。それなら、【王位選争】が始まる前にしておくべきだろ」

おれは王盤の駒を取り、どこに動かすかと一考する。

王盤の駒は11種類もあり、駒によって動かせる方向や升目の数が違ってくる。さらに駒同士には相性もあり、敵に取られた駒を奪い返す方法もある。うむ、複雑怪奇だな。

イヴはのんびりと応える。

「もちろん、水面下では行われていたのでしょう。ですが【王位選争】開始時の勢力図は、支持基盤による取り合いの結果。真にサラ王女が影響力を発揮できるのは、【王位選争】が始まってからです。

そもそも【王位選争】が始まるまでは、勢力図さえも明確にはならなかったのですからね。ある程度の計算は可能だったとしても」

引き抜きならば、狙いはルガスの国民だろう。

もちろん【王位選争】のルール上、国民が自由意志で国籍を変えることはできない。

だがルガス国民を寝返らせておけば、さまざまなことで利用できる。情報源はもちろん、弾効投票を発動させる時や、票を取りまとめるのに動かすことも可能だ。

「だが、あからさますぎないか？　サラは自国民を使い、他国民との対局中に引き抜き工作を行うわけだろ？　ルガスにも見え見えだろうし、奴《やつ》が大会への参加を自国民に許すとは思えないがね」

ルガスの選択肢としては、あえて国民を送り込む策もなくはない。

サラに寝返ったと見せかけて、実はルガスのスパイとして活動させる。二重スパイの出来上がり。

ただリスクも大きい。二重スパイにさせたつもりが、本当にサラに寝返ってしまっていた──なんてことも起こりえる。プロの世界でもありえるのだ、素人《しろうと》ならば尚更《なおさら》。ましてや、サラにはルガスにも負けぬカリスマ性があるからな。

イヴが容赦ない一手を指しながら、

「ルガス王子は、自国民の参加を止めることはしませんよ。これがお茶会でしたら、止めることも容易《たやす》いでしょう。ですが王盤となると、事情が異なります」

そうか。王盤は、ただのボードゲームではない。少なくともロアノークの上流階級では、崇《あが》められている。

王盤が『高貴なる者の遊戯』とも呼称されることや、貴族の子女が幼少から王盤の英才教育を受ける点からも明らかだ。

王盤大会への参加を止めたからといって、あのルガスだ、自国民から直接的な反感を買うことはないだろう。だがルガスは戦略として、心の広さを示したいはず。まず締め付けることはしない。

「引き抜きの成功率は？」

「カイさんが思っているよりは高いでしょう。いったい他国民の方々が、サラ王女主催の大会に参加する動機とはなんでしょうか？

王盤が好きだからですか？　その理由だけでは弱いですよね。では何があるのか？　それは優勝特典に釣られたからに違いありませんよ」

「サラと対局する権利か」

同じ学園に通っていれば、サラと言葉を交わすチャンスならあるだろう。だが王盤試合となると話は別。

というのもサラには王女の他に、王盤のプロプレイヤーという顔がある。公式戦による年間の順位では、堂々の2位。アマチュアが気軽に対局できる相手ではないのだ。

「なるほどな。大会に参加する他国民たちは、心の底ではサラに傾倒しているわけか」

「はい。全員ではないでしょうが、そのような方々が集まる確率は高い。優勝者はサラと対局できる、とあれば」

「サラに傾倒しているのならば、引き抜かれる確率も高まるわけか。人気の高い第一王女だからこそ使える作戦だな」

　イヴが王盤の駒を軽やかに動かして、

「はい、〈終焉《エンド》〉です」

〈終焉《エンド》〉とは、王手に持ち込まれた側が、どのような指し手を用いても回避できない状況のことを言う。おれは王駒を守ることができず、敗北した。

「サラは、ランキング2位の王盤プレイヤーだ。おれなんかで勝てるものかね」

　イヴのお願いが、『サラ王女を王盤試合で叩《たた》きのめす』ことだからなぁ。

「勝てますよ、カイさん。このわたくしが師匠ですもの」

「我が師、愚昧なる弟子に教えてください。どうすれば勝てるのでしょう」

「我が弟子、対局相手の脳の中を覗《のぞ》き込《こ》むのですよ。そして解剖し、研究し尽くすのです」

　言わんとすることは分かるが。

「〈人物評〉から読み解くにも限界はあると思うが」

「〈人物評〉以上の情報が手元にはありますよ。棋譜です」

　棋譜とは、対局者が互いに指した手を順番に記入したものだが。

「そんなものから？」

「はい。王盤を行うことは、絵画を描くことに似ています。『思考』という絵具で描くのです。その絵画には、プレイヤーの心が反映していきます。ですから棋譜を突き詰めていくと、プレイヤーの深い内面を垣間見る《かいまみ》ことができるのですよ。

たとえば――あるプレイヤーがある対局で指した、５４７手目。積み重ねられたこの一手から、その方の愛情と憎悪《ぞうお》を読み解くことさえも可能なのです。

とくにサラは数多《あまた》の公式戦で王盤試合を行ってきました。別の言い方をすれば、脳の中身をそれだけさらけ出してきたのです――すべてが棋譜の中にあります」

イヴが棋譜の山を示す。

これは〈ウォッチメイカー〉からではなく、学園の記録保管庫から正式に貸し出されたもの。大量の棋譜を借りてきては、夜遅くまで読みふける。イヴの日課の一つだ。

「棋譜から、プレイヤーの考えや感情までが読めるとは信じられないなぁ」

「論より証拠です。こちらの棋譜をご覧ください」

イヴはある棋譜を出して、

「素敵な対局です。先攻のプレイヤーさんが――あらあら――後攻のプレイヤーさんへと情愛を抱いているようですね。壊れた情愛を」

イヴはうっとりした表情で呟《つぶや》く。

「気持ちが悪い」

おれはくだんの棋譜をじっくり読み解こうとするも、よく分からん。

「サラの脳内を覗《のぞ》くのは分かった。ただトーナメントで優勝しなきゃ、肝心のサラとは対局できない。並みいる強豪を勝ち抜かねばならないが、何か助言は？」

　イヴはまた盤上に駒を並べながら、

「戦いかたとしては、わたくしと同じ防御特化型を採用してください。それと切り札を、お教えしておきましょう。わたくしが考案した叛逆《はんぎゃく》戦法です。劣勢からでも大逆転が可能な、効果的な戦法ですよ」

「まてまて、いま新しい戦法を考案したと言ったのか？」

　イヴはきょとんとする。

「はい、言いましたが？」

　イヴの奴《やつ》、王盤の歴史をあっさりと更新してしまったのか。確かここ20年は、新たな戦法は生まれていなかったはずだが。

　その後は、イヴ考案の叛逆《はんぎゃく》戦法を会得《えとく》するのに時間を使った。かなりエゲつなく、かつ強い戦法だ。だからこそ心配になる。おれなどが大会で使ってしまっていいのかと。

「どんな戦法でも、いちど公開してしまっては力を失う。研究され、攻略法を見出《みいだ》されるからな。だからこの叛逆《はんぎゃく》戦法は、君が王盤試合をするときまで取っておくべきでは？」

　しかし、イヴは首を横に振る。

「構いません。いまはカイさんが、サラに勝つことだけを考えるときです」

　イヴの性格からして、先のことを考えていないとは思えない。おそらく叛逆《はんぎゃく》戦法など使わずとも、どんな相手にも勝つ策があるのだろう。

「イヴの叛逆《はんぎやく》戦法を使いこなせても、サラに勝てるかは分からないな」

「はい。サラとの対局まで、叛逆《はんぎやく》戦法を温存できたとしても――サラを動揺させることはできても、勝利までは持ち込めないでしょう。それほどに彼女は強い――王盤の天才です」

天才の上に経験値も高い。これまで積み重ねてきた対局の数々が、サラを助けるのだからな。

「なら、どう勝つ？」

「どんな戦いにおいても、得策なのは相手の嫌がることをすることです。正々堂々にこだわる天才と、手段を選ばぬ凡才が戦ったとして、果たして勝利するのはどちらでしょうね」

「サラが対局で嫌がることとは？」

イヴが視線を向けたのは、サラの棋譜で築かれた山脈。彼女の脳内の全て。

「サラの戦法は、超攻撃型です。ひたすら攻めて、対局者の防御を突き崩す。サラは対局時間が短いことでも有名のようですね。今まで最長試合でも、3時間8分だそうです」

「山ほど対局してきたのに、最長でそんなものか。確かに時間はかけないタイプのようだな」

公式の王盤試合では決着がつくまで終わりはなく、対局を続ける。互いの持ち時間は、対局時間が一定を越えると自動追加されるのだ。ゆえに永続して続けられる。

日を改めることもなければ、食事休憩もない。昔は席を立つことさえ許されなかったらしいが、現在はトイレ休憩だけ定期的に入る。

「イヴ、分かったよ。長期戦に持ち込めばいいんだな？　速攻タイプのサラを焦《じ》らし、ミスを誘うわけだ」

「違います」

「え？」

「ただの長期戦では、サラの攻撃力は防ぎきれません。ですので、王盤の致命的な欠陥をつきます。勝者が決まるまで対局は続く、という欠陥を」

それからイヴは、サラを叩《たた》きのめす手順を説明し出す。

全てを聞き終えたおれは、これならサラに確実に勝てるだろうと納得した。

「王盤の長い歴史の中では、そのような状況に偶然陥ることはあっただろう。だが意図的に持ち込む戦法を開発したのは、君が初めてかもな」

イヴは太陽のように微笑《ほほえ》んで、

「わたくし、拷問戦法と名付けました」

7

大会当日。

会場となるレクリエーションルームには、すでに沢山の国民が集まっていた。３００人はいるが、ほとんどは観衆だろう。

ルガス国民が多いのは、全体の比率からして自然か。さらに『大国』のサラ、ディーン、ジエシカ、クリストフの国民が続く。ディーン国民は引き抜く必要もないのだろうが、参加を拒否しては反発を招くからな。

ところで、まだサラ王女は来ていないようだ。主役は最後にご登場か。

サラの守護者が中央に出て、みなの注意を引く。開催の言葉を述べてから、トーナメント表を発表した。

さっそく一回戦が始まるというので、参加者たちは指示された席につく。

メインは優勝者とサラ王女との対局。トーナメントは前座のようなものだ。そこでトーナメント戦では『5秒指しルール』が採用された。一手に5秒しか時間を使えないので、サクサクと進む。

まてよ。サクサクと進んだら、引き抜き工作などできないのではないか？　いや、考えるのは後回しだ。まずは一回戦で足をすくわれないことだな。

おれが席に座ると、盤を挟んだ対局相手が鼻で笑う。

「誰かと思えば、奴隷の付き人か。お前のような下賤《げせん》な者、本来なら高貴なる王盤に手を触れることも許されんぞ」

対局相手の名はトビー。三等貴族の次男。

トビーは今大会に出場している、三人のプロプレイヤーの一人だ。現在の公式戦ランキングは124位。10代でこの順位ならば、将来有望。すでにランキング2位のサラが、異常なだけで。

対局開始。

さすがに相手が実力者とあって、序盤からおれは劣勢に立たされた。トビーは容赦なく攻めてくる。

「とっとと降参して、淫売の奴隷と乳繰り合っていたらどうだ？」

イヴの叛逆《はんぎゃく》戦法は、奇襲中の奇襲。こういう勝ちを確信した対局者ほど、潰しやすい。37手目で発動し、51手目でおれが〈終焉《エンド》〉を取った。

トビーは自分の目が信じられないという様子で、敗北した盤上を見ている。

「こ、こ、こここんなバカなことが……」

おれは席を立ち、互いの健闘を称《たた》えるように微笑《ほほえ》んで、トビーに歩み寄った。トビーはまだ呆然《ぼうぜん》として座ったままなので、おれは屈《かが》んで軽くハグし――トビーの喉を右手で掴《つか》み、喉頭を潰す寸前まで力を入れる。そして囁《ささや》く。

「二度とうちのイヴを侮辱するな。いいな？」

「……は……はいぃぃ……」

喉から手を離すと、トビーは激しくせき込んだ。すっかり青ざめている。

周囲を見回せば、観客たちは別の対局へと注意を向けていた。一回戦からプロプレイヤーの二人が当たったのだ（ランキングは102位と98位）。

上位同士が潰し合ってくれた上、おれの叛逆《はんぎやく》戦法を一回戦から見られずに済んだ。事前に、ランダムに決まるトーナメント表に細工した甲斐《かい》があったというものだな。

この大会で注意せねばならない国民は、プロの三人だけ。二人には潰し合わせ、トビーは叛逆《はんぎやく》戦法の試金石となってもらった。あとはアマチュアばかりなので、叛逆《はんぎやく》戦法を温存して勝ち進めるだろう。

ふいに三つ編みの女子が、おれの手を握ってきた。一瞬、ライブ・ドロップ（接触しての情報受け渡し）かと思ったが、そんなはずがない。

「凄《すご》い！　凄《すご》い！　わたし、感動しましたわ！　とくに37手目からの逆襲の戦法は、まったく新しいものでしたね！　あ、すいません申し遅れました。わたし、エイダと申します。サラ王女殿下の守護者を務めております」

よりにもよって、サラの守護者に手の内を見られていたとは。計画では、誰もおれの対局は見ていないはずだったんだが。

「カイ・エルバードといいます。イヴ王女の守護者です。まさか、おれの指し手を見ておられたとは。おれのような未熟者より、プロ二人の対局のほうが盛り上がっていますのに」

「彼らの対局は、公式戦で何度も拝見しています。わたし、見たことのない対局を求めていました。おかげで、エルバードさんの新しい戦法と出会えたのです。目に焼き付けましたわ！」

燃えるような眼差《まなざ》し。

そうか。エイダはプロではないが、普段からサラと対局しているのだろう。ならば王盤の実力者だ。その頭の中ではさっそく、イヴの叛逆《はんぎやく》戦法を解析していることだろう。

その後、おれはトーナメントを順調に勝ち上がった。

決勝では、102位のプロ国民と対局。トビーよりも順位は上だが、叛逆《はんぎやく》戦法を繰り出すこともなく勝利した。

王盤とは脳のエネルギーをとてつもなく使うものだ。決勝の相手は、一回戦で98位を倒すためすべてを出し切っていた。そこで余力はなくなり、いわば燃え尽きていたわけ。敵ではない。

晴れて優勝。これでやっと本題に入れる。

ご褒美《ほうび》である、サラ王女との対局だ。

他の対局テーブルは片付けられ、ひとつの盤だけが残された。その周囲に、300人近くの国民が集まる。

おれが盤の前に立つと、観客たちからヒソヒソと「奴隷の――」という声が聞こえてくる。奴隷王女の守護者が第一王女と対局するのだから、不満の声もあるのだろう。

サラが約束を違え、対局しない可能性はあるか？

ないだろう。〈人物評〉によると、サラは誇り高い性格。相手が『下賤《げせん》の者』だからと、対局を中止したりはしない。そんなことをしたら、まるで逃げたようではないか。

ふと気づく。サラの国民が、他国籍の者たちと熱心に話しているのを。それも複数の場所で。トーナメント中にも行われていたのだろうが、対局に集中していたため気づかなかったな。

引き抜きは対局相手とではなく、観衆の中で行われていたわけか。通常の学園生活では、異なる国籍の国民たちが話し合っていれば疑いの目をむけられる。しかしこの場ならば、話は違ってくる。

まるで王盤の対局について熱心に語り合うようにして――いや会話の始まりは、まさしく王盤なのだろう。そこから徐々に引き抜きへと持っていく。

もちろん各試合が長いほうが、引き抜きもじっくりと行える。ただあまりに長すぎて、引き抜き狙いの国民たちが途中で退室してしまっては、元も子もない。だからこそ5秒ルールが採用されたわけか。

案ずることはないぞ、引き抜き工作員。これから行われる対局は――

第一王女サラが入室してきた。観衆たちがその美しさに息を呑《の》む。勘弁しろ。お前らの王女など、見飽きただろうに。

まぁ、気持ちは分からなくはないがね。

サラの美しさは際立《きわだ》っている。端麗な顔立ち、透き通るような肌、紫髪ツインテール。小さな所作からして、気品の高さがうかがえる。高貴な身分とは何かを体現したような美少女。いや美姫《びき》か。

おれからすれば、ただの王女に過ぎないが。イヴに対して感じたような、『この子のことをもっと知りたい』という欲求が芽生えることはない。

あまりじろじろ見ていると失礼かな。右手の甲を額にあてて頭を下げる。サラが近づいてくるのを気配で感じて、言った。

「お目にかかれて光栄です、サラ王女殿下。私は第七王女イヴの守護者、カイ・エルバードと申します。殿下の道が永遠に栄光のもとで輝きますように」

サラが盤を挟んで向かいに腰かけ、完璧な微笑《ほほえ》みを浮かべる。

「よろしくね、エルバードさん」

「王女殿下と対局できるなど身に余る光栄です」

おれも腰かけて、盤上に駒を並べた。当然ながら観衆の誰一人、おれが勝つなどとは思っていない。もちろん正攻法では、まず勝てない相手だろう。

サラについて考える——彼女の支持基盤は穏健派。奴隷への態度も、ルガスと正反対。これまでサラは公式の見解として、奴隷解放に前向きと述べている。ただ〈人物評〉によれば国際社会へのポーズに過ぎない、という見方が強い。

実際問題、奴隷を解放しようとすれば反対勢力との衝突は避けられず、そこまでしても得られるものは少ない。サラが女王に即位しても、奴隷解放などはしないだろう。これはイヴもおおむね同意のようだ。

ただイヴは、サラについてこうも述べていた。

「わたくしが即位した暁には、サラを首席補佐官に登用いたしましょう。頭が切れますし、国内外の情勢にも通暁《つうぎょう》していますので。わたくし、サラお姉さまが好きですよ」

サラのことを高く買っているようだ。名誉なことですよ、サラ殿下。本人が聞いたら、卒倒するくらい怒りそうだがね。

対局開始。

予想どおり、サラは超攻撃型の布陣。対するおれは防御特化型。

序盤からサラは激しく攻めてくる。しかも、ただ攻撃的というだけじゃない。こちらのミスを誘う手を指すのが、上手《うま》いのだ。

事前に対処法をイヴから会得《えとく》していなかったら、すでに致命的なミスを犯しているところだな。

「エルバードさん。あなた、誰に王盤を師事したの?」

「私は、我が主である第七王女イヴに師事いたしました」

「そうなのね。奴隷の身で王盤を会得《えとく》するなんて、イヴさんのことを尊敬してしまうわ」

口ではそう言っているが、サラは信じていないようだ。

〔カイ・エルバードには真の師匠がいるが、現在はライバル王子王女の支持基盤を構築する貴族の一人。そのため名前を出すわけにはいかず、苦しいがイヴということにした」

サラの推理は、このようなものだろう。

これは第一王女のひとつの限界か。

奴隷の少女が王盤を会得《えとく》できるはずがない。そうバイアスがかかっている。思い込みに囚《とら》われていることが、この女の最大の弱みとなるだろう。

73手目で、おれは動く。叛逆《はんぎゃく》戦法の発動だ。

イヴが考案した新たな戦法は、観衆たちから感嘆の声を引き出させた。それでもサラの王駒には届きそうにない。

イヴの注意を思い出す。

叛逆《はんぎゃく》戦法は、発動を1手目とカウントして65手目までは有効だ。しかし見込みがないと判断したら、すぐに解除すること。叛逆《はんぎゃく》戦法の発動時間が長いほど、防御特化型の布陣に戻りにくくなるためだ。

おれは発動から7手目で諦め、防御特化型の布陣に戻る。観客から「もったいない」とか「あそこは攻め続けるところだろ」という声が聞こえてきた。

だが防御特化型に戻って気づいた、紙一重だったと。

あと数手、叛逆《はんぎゃく》戦法を続けていたら、サラに発動されていたところだ——叛逆《はんぎゃく》戦法を。

この女、イヴの叛逆《はんぎゃく》戦法をすでに我が物にしたどころか、それでおれの王駒を獲《と》る腹だったようだ。

冷や汗をかきながら思う。これが第一王女の実力かと。王盤だけの話ではない。まさしくサラは知略を張り巡らすのを得意としている。『先入観を乗り越えられない』という弱点はあっても、イヴにとって難敵となることは間違いない。

サラが艶然《えんぜん》と微笑《ほほえ》む。

「あら、いまのは惜しかったわ」

「あんた、いい性格しているね」

「不敬罪よ、エルバードさん。だけど愉《たの》しい対局に免じて、不問にしてあげる」

「寛大なお心遣いに深謝いたします、王女殿下」

平民にタメ口を利《き》かれたくらいでは、眉ひとつ動かさないらしい。

対局は続き——こちらの199手目。サラ王女の眉が動いた。これは、これは。

「エルバードさん。ぜんぶ台無しね。あなたには失望したわ」

「お許しください、王女殿下。ですが信じていただきたいのです。私としましても、このような局面は望んでおりませんでした。全ては私の実力不足が招いたこと、しかしながら謀《はか》ったわけではございません」

サラは吐息をつく。

「そうね。王盤の複雑性を思えば、狙ってこの局面にはできないでしょう。ごめんなさいね、エルバードさん。あなたを疑い、責めるようなことを言ってしまって」

「滅相もございません」

もちろん、すべて狙ってやったことだ。98手目から、すでに型にはめていた。サラは気づかなかったようだが。

無理もない。普通ならどんな天才プレイヤーでも、狙ってできることではないからな。サラの脳内を覗《のぞ》き込《こ》めたイヴだからこそ、可能だった。

複数の条件のもとに指された、サラのある一手。待ち望んでいたその一手が放たれたのが、98手目だった。

事前に受けていた、イヴからの指令――『次のような局面で、もしもサラの指し手がこう来たならば――そこが起点になります。

ここからカイさんは、わたくしが示す手順通りに指してください。そうすればサラの指し手も全てコントロールできます。勝ちまでは持っていけませんが――わたくしたちが目指す局面へはひた走れます。起点から100手目に生ずる局面へは』

イヴは対局が始まる前から、100手先まで読んでいた。

おれはイヴに叩《たた》き込《こ》まれた通りに、自分の駒を動かしただけ。かくして、王盤では世にも珍しい局面となった。

千日手《せんにちて》の完成だ。

千日手とは、双方とも他の手を指すと敗北になるので、同じ手順を繰り返すしかない局面。たいていのボードゲームではよくあることだが、複雑性を極めた王盤ではまず起こりえないとされている。それをイヴは意図的に起こした。

サラが溜息《ためいき》をつく。

「仕方ないわね。引き分けとしましょう」

「恐れながら王女殿下。それは王盤の心得に反することかと存じます」

はじめてサラの表情が強張《こわば》る。

「たしかに勝敗が付くまで続けることが、王盤の心得かもしれないわね。だけど千日手では、どちらかがわざと負けるしかないわ。……あなた、負けるつもりなの？」

おれは声を張り上げた。

「滅相もございません！　わざと負けるなどと、まるで八百長《やおちょう》ではございませんか！　それがサラ王女殿下への最大の侮辱であり、万死に値する愚挙と心得ております！」

一瞬だが、サラの返答が遅れた。

迷ったのだ。だが王盤のプレイヤーとして、誇り高き王女として、カイ・エルバードという平民からの挑戦を退けるわけにはいかない。プライドが許さない。

「このまま続けましょう」

観衆がざわつく。

当然だ。千日手となった以上、どちらかがわざと負けようとしない限り、勝負は終わらない。

いや、奇跡的に勝つための打開策が閃《ひらめ》く可能性も0ではないが――やはり打開策がないからこその千日手なのだ。

では、どうなるのか？

指し続けるしかない。

決着がつくまで対局を続けるのだ。摂《と》れるのは水だけ。五時間ごとにある三分のトイレ休憩以外は、席を立つことも許されない。

もちろん決着は、いつかは訪れる。どちらか一方が負けを認める。または睡魔に負けて眠り、持ち時間を費やしてしまう。体調を崩し、医務室に運ばれてリタイヤすることもあるだろう。

片方が限界を迎えるまでは、ひたすら何十時間でも続けられる。

これが、イヴがもたらしたもう一つの戦法――拷問戦法だ。

☆☆☆

対局開始から18時間52分が経過した。

面白いことに観客の数は減っていない。疲れて退室した者もいるが、噂《うわさ》を聞きつけ駆けつけた者で相殺《そうさい》されている。休業日でもあるしな。

おれは、まだまだ余裕。〈ウォッチメイカー〉訓練生時代に、80時間も眠らずに山中を行軍させられた経験が生きている。あのときは、生死の境をさ迷いながらも歩き抜いたものだ。

サラの取り巻きの一人が、歩いてくる。疲労困憊《ひろうこんぱい》した様子で、サラに声をかけた。

「姫様、もうお止《や》めください。お体に障《さわ》っては大変です」

「気遣いには感謝するわ。けれども、ここで引き下がるわけにはいかない。そうよね、エルバードさん？」

「おっしゃる通りです、殿下」

取り巻きからは憎悪《ぞうお》の眼差《まなざ》しを向けられるが、素知らぬ顔をしておく。

真に恐ろしいのは、サラ王女だ。彼女には、疲れの色が見えない。

約19時間も眠らず、食事も摂《と》らず、ひたすら駒を動かし続けている。継続はまだ可能としても、体力の限界を迎えていてもいいはずだ。

ところが疲れどころか、生き生きして見える。いや実際は、疲労を感じているはずだ。特殊な訓練も受けていない王女なのだから。それを隠し通している。敵に弱みを見せることはしないわけか。

こんなところにも化け物がいた。

さらに3時間が経過し――本当に唐突だった。

サラが立ち上がり、悠然とほほ笑んだのは。

「わたしの負けを認めるわ。たいしたプレイヤーね、あなたは」

引《ひ》き際《ぎわ》を心得ているな。まだ体調を崩さず、王族の気品を失わぬうちに潔《いさぎよ》く敗北を認める。

千日手でも続けることを決めたとき、この決着を受け入れていたのか？

あの場面で引き分けを宣言するよりも、戦い抜いてからの潔《いさぎよ》い敗北宣言。後者のほうが、気高く見える。

もちろん、おれがぶっ倒れてくれるのが望ましかったのだろうがね。

「エルバードさん。もしも全てが計画通りなのだとしたら——いえ、考え過ぎね。王盤で千日手に持ち込ませる、このわたしを相手にして。そんなことは人間業ではないもの」

「おっしゃる通りでございます、殿下。私などに、そのような離れ業ができるはずもありません」

そうね、とサラは納得した。

「エルバードさん。この対局は歴史に残ることでしょう。対局を見届けた国民たちは語り継ぐ。それに棋譜は、ロアノークが滅びぬ限り残り続けるのだから」

サラとの対局だけは、公式戦のように記録係がついていた。記録係が作成する棋譜が公開されれば、１００年後でもこの対局を見ることは可能。

サラの権限ならば非公開にもできるが、そんなことはしないだろう。公開しなければ、気高き敗北を演出した意味がない。それに棋譜を非公開にしても、国民たちの口に戸は立てられない。

「王盤で私に土を付けたのは、これまでは弟のアレクだけだったのに。あなたで2人目よ、エルバードさん。誇ってほしいものね」

第六王子のアレクか。

公式戦ランキングで、不動の1位。サラも王盤の天才だが、それを遥《はる》かに上回るのがアレク。サラとアレクの対局は、2人が幼いころから行われている。それこそ何度も何度も。公式戦では、サラは一度も勝利したことがない。

まてよ。イヴの狙いとは——ふむ。

「サラ王女殿下。貴重なお時間を、私との対局に割いていただき感謝いたします。私の生涯において、最も誇れる時間となりました」

——対局時間21時間56分。第七王女イヴの守護者であるカイ・エルバードの勝利。

さっそく結果を知らせようと、コテージに戻る。

玄関でイヴの名を呼ぶが、返事がない。不審に思って2階に上がると、一糸も纏《まと》わぬイヴと鉢合わせた。

先ほどまでシャワーを浴びていたようで、水滴の残る白い肌は上気している。濡《ぬ》れた髪は艶《なま》めかしく、胸の頂きの桜色にかかっていた。

「あ、すまない」

慌てて視線をそらす。

イヴは気にした様子もなく言う。

「決着がつくのが、想定より早かったですね。カイさんが疲れを見せないので、余力のあるうちに見切りをつけたのでしょう。決断力がおありですね、サラ王女は」

勝敗などは聞くまでもない、か。

「まず服を着たらどうだ？」

返答がない。怪訝《けげん》に思っていると、イヴが身体《からだ》を近づけてきた。髪からシャンプーの香りがする。おれの耳元で、囁《ささや》いてきた。

「わたくしを抱きますか？　カイさんが初めての相手でしたら、わたくしも嬉《うれ》しいです」

からかっているのか、真剣なのか。まったく読み取れない口調。

「……ココアを作ろう。飲むだろ？」

イヴはどことなく拍子抜けした様子で答えた。

「はい喜んで」

1階のキッチンに避難してから、ハニー・トラップ対策の訓練を積んだ日々を思い出す。

「役に立たなかったわけじゃないんだ。相手が悪いんだ、相手が」

8

数日後。教室棟の自習室で一人、数学の課題と取り組んでいた。

バートン法という、ある関数 f(x) と y=0 の交点（0=f(x) の解）を求めるための方法に殺意を抱いていた、ともいえる。

おれは数学が苦手科目だが、イヴは天文学が不得意。というより興味がない。

以前、天文学の点数が悪かったとき「太陽が地球のまわりを回っていようと、地球が太陽のまわりを回っていようと、わたくしの人生に関係があるのですか？」と拗《す》ねていた。そのくせ、偵察衛星の軌道が高度600～8000キロなのは知っているのだからな。

ふと顔を上げると、クラスメイトのバリーが歩いてくるところ。山積みにした本を抱えながら。

「よぉ、カイ。今日は、イヴちゃんは一緒じゃないのか？」

「何度も言うが、お前はうちの王女殿下に馴《な》れ馴《な》れしい」

「堅いこと言うなよ。んなことより、速読を教えてくれ。今日中にこの課題図書をぜんぶ読破しなきゃならねぇんだからさ」

バリーは六等貴族の長男で、やたらと親しげに接してくる。

ルガス王子の国民であるため、最初はバリーのことを情報目的のスパイと判断していた。一方イヴの評価は、「世の中には、毒にも薬にもならない方がいるのですね」とのこと。ようはルガスが放ってきたスパイではない、との結論。

ではルガスの動向を探るのに利用できるか？　残念だがＮＯ。国民内でのバリーの影響力は皆無であり、ルガスに近づくことも許されていない。実際、クラスも《殲滅王《せんめつ》》ではないし。六等貴族は、貴族内でも底辺。国民同士は対等が建前の【王位選争】でも、本家の貴族位は影響するものだ。

だがバリー自身は、そんなこと気にも留《と》めていない。将来は爵位など弟にくれてやり、漁師になる計画を温めている。「カイ、海はいいぞ。男のロマンだ」とのこと。

「あのなぁバリー、速読術なんて会得《えとく》するようなものじゃない。速く読もうと思えば、速く読める。こんなふうに」

バリーから書物を一冊取り、ペラペラやりながら文字列を脳内にインプットしていく。

「な、簡単だろ？」

「……お前、嫌味な奴《やつ》だな」

イヴが軽やかな足取りでやって来て、バリーの頭に書物を載せバランスを取った。

「バリーさんの頭頂部は平らですねぇ。よしよし、いい子ですよ」

にやけるバリー。

「イヴちゃん、オレに惚《ほ》れるなよ～」

ペット枠であることを、当人は理解しているのだろうか。

「バリーさん。わたくし、喉が渇いてしまいました。どうしたら良《い》いのでしょう」

「待ってな、イヴちゃん！　オレがひとっ走り行って、ジュースを買ってくるぜ！」

よく飼いならされたバリー犬が走っていく。

満足そうに見届けてから、イヴはおれに向き直った。

「カイさん。わたくし、これより〈王盤《マインド》〉を行いますよ。対戦相手は、第六王子アレクです」

眩暈《めまい》がした。

「アレク王子に《挑戦》を行ったのか。なぜ、そんな大事な場面に、守護者であるおれは立ち会っていなかったのだろうな」

イヴが歩み寄ってきて、おれの膝の上にちょこんと腰かける。

「些末《さまつ》なことだからですよ。末端王子に《挑戦》しただけですので」

第六王子アレクの国民数は31人。イヴほどではないが、国力弱小のプレイヤーだ。

同時に王盤の超天才でもある。公式戦ランキングで、不動の1位。あのサラでさえ、一勝もしていない。

仮に、アレクが国力で最大勢力を誇っていたら、それこそ【王位選争】は終了していたな。

《戦争》が行われることもない。アレクならば、全ての《挑戦》を〈王盤〉で受けることだろう。そして誰も敵《かな》わなかったはず。

いや、ここに例外が一人——

「イヴ。サラを王盤で叩《たた》きのめせという『お願い』は、このためだったのか。君が《挑戦》したとき、アレクに確実に〈王盤〉を選択させるため」

イヴは悪戯《いたずら》っぽく微笑《ほほえ》む。

「もちろんですよ、カイさん」

いくらアレクに絶対の自信があるからといって、必ず〈王盤〉を選択するかは分からなかった。少なくとも、イヴからの《挑戦》だけは。

王盤は『高貴なる者の遊戯』とされ、王侯貴族の嗜《たしな》みとされている。ゆえに平民、ましてや奴隷が行うことを快く思わない輩《やから》もいる。

〈人物評〉によるとアレクは、その代表だ。

通常の状態では、イヴから《挑戦》を受けても、アレクは奴隷身分と対局することを避けただろう。王盤に対する侮蔑と受け取って。

そのときアレクは、№13〈競売《オークション》〉を選択したはず。現時点のイヴでは、〈競売〉を選ばれたら100パーセント敗北する。実は〈戦争〉以上に、イヴにとって〈競売〉は鬼門なのだ。

ゆえに、アレクには〈王盤〉を選んでもらわねばならなかった。逆にいえば、この策略で確実に〈王盤〉選択へと誘導させられるのも、アレクだけだ。

なぜか？　それは、おれがサラ王女を負かしたからだ。

アレクにとって、王族以上に誇っているのが『最強の王盤プレイヤー』という地位。しかしアレクはいま、その地位を揺るがされている。

ランキング2位のサラが、非公式の対局とはいえ敗北した。どこの馬の骨とも知らない留学生相手に。しかもその『余所者《よそもの》』に王盤を教えたのは、奴隷の王女だという。

この状況で、アレクがイヴからの《挑戦》を受け、〈王盤〉を選択しなかったとしたら？周りはどう見るだろうか。

アレクは英才教育のもと最強プレイヤーとなった。そこに真逆の人生を送ってきた奴隷の王女が現れる。独学で王盤を学んできた奴隷王女は、弟子を介してサラ王女に勝利した。

『ならばこのイヴ王女こそが、真の天才なのではないか？　アレク王子は自分が勝てないと考え、〈王盤〉を選ばなかったのではないか？』

むろんそこまで飛躍して考える国民が、全体の何割いるかは分からない。限りなく少数かもしれない。だがアレクにとって、人数は関係ない。少しでも疑念を抱かれるだけで、最大の屈辱だろう。

かくして〈王盤〉が選ばれた。否、選ばされた。

勝った者が、相手の国民を総取りにできるのだ。

「懸念《けねん》がひとつある。アレクの国民を手に入れても、弾劾投票を開かれるんじゃないか？」

【王位選争】の難易度を上げているのが、《弾劾》だろう。考えなしにライバル王子王女の国民を得ても、弾劾投票で追放されたらおしまいだ。

「問題はありません。アレクの国民ですよ、彼らの価値観もまた王盤にあります」

なるほど。王盤で勝利した者にこそ、付き従うか。

「はじめに倒す相手にアレクを選んだのは、確実に〈王盤〉に誘導できるため。さらに獲得する国民たちも制御しやすいためか。だが最たる理由は——名を売ることだな？」

かのアレクに王盤で勝利する。その衝撃は、計り知れないだろう。

イヴは楽しそうにうなずく。

「【王位選争】とは、無名のまま勝てるゲームではありませんからね。そろそろ自己紹介しておきましょう」

【王位選争】で初めに国民を奪い取るのだから、注目されることは間違いない。ならば大々的にやろう。

イヴが強敵の首を落とせる存在であることを教えてやろう。

☆☆☆

〈王盤〉は、専用の闘技場で行われる。そう、この国では、王盤の公式試合を行う会場を闘技場と称する。

ロアノーク王立学園の闘技場は、教室棟に併設されていた。

教室棟の屋内放送で、〈王盤〉が開催されることが知らされる。ようやく【王位選争】が動くとあって、観客席は争奪戦となっているらしい。王族はＶＩＰ席が設けられているのだろうがね。

闘技場に続く通路前には、イヴの応援団がいた。総勢43名。複数の王子王女の国民が混在しているが、みな同じ《不死王》のクラスメイトだ。バリーも混ざっている。イヴを見つけると、みんなで声援を送ってきた。

「がんばって、イヴちゃん！」「イヴちゃんなら勝てるよ！」「ファイトだよ、イヴちゃん！」「イヴちゃん可愛《かわい》い！」「イヴちゃん負けないで！」「イヴちゃぁあん、ジュース買ってきたよぉぉぉ!!」

イヴは応援団に笑顔で手を振ってから、闘技場内へと向かう。

通路を歩きながら、おれはイヴに聞いた。

「友達、すさまじく増えてないか？」

「貴族の方々が、最も好きなことは何だと思いますか？　搾取《さくしゅ》することではありませんよ。慈善活動です。わたくし、彼らの心を満たすお手伝いをしてあげているのです」

「辛辣だなぁ」

「いえいえ、皆さん大切なお友達です。本心ですよ？」

「だがなぁイヴ。君は王女なのだから、彼らにもわきまえさせるべきではないか？　『ちゃん』付けはないだろ」

「カイさん。忠誠心の簡易な作成法をご存じですか？　それは特別枠に入れてあげることです。これからわたくしは多数の国民を獲得し、権力を得ていくことでしょう。新たに得た国民たちは、わたくしを『イヴ王女殿下』と呼び、跪《ひざまず》くでしょう。

　ですが応援団の皆さんは違います。いまのお友達には、これまで通りの態度で接していただいて結構です。

　彼らは思うでしょう。『自分はイヴちゃんの特別なんだ』と。なぜ特別になれたのか？　それはわたくしがまだ無名だったころに、友情を築いたからなのです。

　だからこそ彼らは、その特典を大事にし、わたくしに喜んで忠誠を誓うでしょう。あぁ、友情とは素晴らしいものですね！」

『友情』って、こういうものだったかな？　まぁいいか。

「本題に入るが——勝算は？」

　公式戦において、546戦無敗。そんな記録保持者のアレクに、土を付けねばならないのだ。

「天才が、全身全霊を捧げてたどり着いた高み。それこそが、アレク王子が立つ場所です。わたくしなど、1000回対局しても勝てないでしょう——正攻法では」

「どんな裏ワザを使うんだ？」

「以前、お教えしましたよね。強い者を倒すための方法を」

「相手の嫌がることをする、か」

「はい。ですが訂正いたします。真の方法とは、相手が忌み嫌うことをする、です」

アレクが忌《い》み嫌《きら》うこと？　どんな戦法だろう？

闘技場の待合室で、アレク王子と会うことになった。

王子王女の最年少がアレク。成長期にそっぽを向かれているらしい。まだ少年といったほうが良く、声変わりもしていない。

そんな『子供』がお付きの国民たちに、傲岸不遜な態度を示している。

「試合には、僕が愛用しているファンダム社製の駒を使わせろ。何が、【王位選争】ではラルグ社製でございますだ、ふざけるなよ。おい、とっととスタッフに命じてこい！　この使えないクズどもが！」

一般人が抱きやすい、王族のワガママなイメージを体現しているようではないか。

これはルガスなどの上位の王族には見られない態度だな。彼らは少なくとも表面上は、国民たちに敬意をもって接している。部下の扱い方を心得ている証拠だ。

ボロ雑巾のような扱いをすれば、ボロ雑巾の働きしか期待できない。よっていつでも使い捨てられる手駒であっても、大事にしておくのだ。

こんなところでも王子王女の格の違いが出てくるわけか。

イヴが、アレクへと歩み寄る。片足を斜め後ろに引き、もう一方の足を軽く曲げる。王族内で、女性がする挨拶方法だ。

「お目にかかれて光栄です、アレクお兄様。お兄様の棋譜はすべて拝見しました。とくにサラお姉さまとの対局に、わたくしの心は動かされました。

お兄様は、とても情熱的な方なのですね。棋譜を見ると、それが伝わってきます」

アレクが年下ではあるが、顔をたてると『お兄様』ということになるのか。

一方アレクはといえば、汚らしいものを見るような目を向けてきた。

「ふん。貴様のような下等な奴隷が、僕の妹だと？　侮辱するにも程があるな。僕のような高貴な者と対局できることが、どれほど恵まれたことか分かっているのか？」

「はい、アレクお兄様。それはそうと、わたくしに負けても泣かないでくださいね」

怒りのあまり顔が真っ赤になるアレク。唾を吐きかけようとするのが、予備動作から分かった。おれはイヴとアレクの間に割って入り、飛んできた唾をハンカチでガードする。

アレクがギョッとした顔で、おれを見る。

「お目にかかれて光栄です、アレク王子殿下。私は第七王女イヴの守護者、カイ・エルバードと申します。殿下の道が永遠に栄光のもとで輝きますように」

「クソが。余所者とは、奴隷にはお似合いの守護者だな」

アレクは吐き捨てるようにそう言って、立ち去った。

「イヴ。おれたちはお似合いだとさ」

イヴは心から嬉《うれ》しそうに、

「いい人ですね、アレクお兄様は」

9

闘技場内の対局エリアへ向かう。

エリアの中央に対局テーブルが置かれており、ぐるりと観客席が囲っていた。まさしくコロシアムを思わせる構造。

ただし雑音が入らないよう、対局エリアと観客席は防音ガラスで仕切られている。エリア内へは記録係と審判を抜かせば、守護者だけが王子王女に付き従い入ることができるのだ。

対局エリアに入り、まず防音ガラスの向こうを確認。観客たちが会話しているようだが、声や物音は聞こえてこない。防音効果はバッチリか。

イヴが対局の席につき、おれはその後ろに控えた。アレクが向かい側に腰かけるのを待ってから、イヴは声をかける。

「アレクお兄様。ひとつご提案がございます」

いま思いついたという様子で。もちろん、彼女が思いつきで何かをすることはありえないが。

「この対局、『5秒ルール』を採用してはいただけないでしょうか?」

トーナメント大会でも使われた『5秒ルール』か。次の手を指すまでの猶予は、5秒。5秒より時間がかかった時点で、問答無用の敗北。瞬時に戦局を読む必要があり、より経験がものを言ってくる。

イヴは自ら難易度を上げようとしている。これが何を意味するのか。

策略は、すでに発動している。

アレクは鼻で笑った。

「いいだろう、奴隷の小娘。そんなに自分で自分の首を絞めたいのならな。審判、『5秒ルール』でやるぞ」

対局が始まる。

開始早々、おれは驚かされた。序盤からイヴが積極的に攻めるのだ。

防御特化型こそがイヴの強みであり、その戦いかたを極めてきたというのに。いきなり積み重ねてきたものを捨ててしまうなんて。

もちろん奇襲にはなっただろうが——相手はアレクだ。そんな付け焼刃の攻撃型、通用するはずがない。

懸念《けねん》した通り、さっそくアレクのペースで対局が進んでいく。

わずか22手目で、イヴは重要な駒を取られてしまう。ここからの挽回《ばんかい》は不可能に見える。

アレクが嘲笑《あざわら》う。

「奴隷娘の浅知恵など、この程度のものだよな。お前の戦略を解き明かしてやろう。まず先日のトーナメント大会。あのときから布石を打っておいたつもりなんだろう。お前の弟子に防御特化型を使わせ、サラ王女を相手に勝たせる。そうすることで、師匠であるお前も防御特化型の達人と印象付ける。その狙いは、この僕に防御特化型の対策を練らせること。そして本番では超攻撃型を使い、僕に対して奇襲を仕掛ける。

そんな策略だったんだろうが、全てが悪手だ。この間抜けめ。慣れぬ超攻撃型など使ってきたから、まともに勝負にもなってないだろうが。お前は防御特化型に賭けるべきだったんだ。自ら『善戦するチャンス』を捨てたんだよ。

さぁ、とっとと負けを認めろよ。お前みたいな奴隷は、下民どもの性のはけ口になるくらいしか能がないんだからな！」

アレクの暴言は無視しても、戦術的な指摘は尤《もっと》もに思える。ではイヴの反応はどうか？

心から楽しそうだ。

意外だな。イヴがこんなにも楽しそうに王盤を指すのは、初めて見た。

いや、違うのか。イヴは何も王盤を楽しんでいるんじゃない。

イヴは柔らかな声音で話し出す。だがその声に寒気がしたのは、おれだけか？

「棋譜は多くを語ります。あなたも否定はしませんよね、アレクお兄様？」

「ふん。そうだ。見る者が見れば分かる。お前のような売女《ばいた》には、無理な話だろうがな」

「そうお思いですか？　あぁ、アレクお兄様。あなたは王盤の申し子です。王盤と共に生き、王盤と共に死ぬ。ゆえにあなたの心の声を聞きたければ、棋譜を見れば良い。そして、わたくしはあなたの『声』を聞きましたよ」

アレクがバカにしたように言う。

「奴隷ごときが、僕の何を聞いたというんだ？」

「わたくし、人の恋路を邪魔したくはありません。ですが、これだけは老婆心ながら言わせてくださいね」

ふいにイヴが身を乗り出す。王盤のルールに反しないギリギリまで、対局者であるアレクへと近づく。そして、甘く囁《ささや》くように言うのだ。

「近親相姦《そうかん》の夢など、抱くものではないですよ？」

とたんアレクの顔から色がなくなった。

イヴは席に座り直して、歌うように続ける。もちろん指す手は止めずに。

「愛してしまったものは致しかたありませんか？　確かにサラお姉さまはお美しいですからねえ。しかしながら、その感情は禁忌でしょう？

ちゃんと隠さなくてはいけないというのに――棋譜を見たらすぐに分かってしまいましたよ？　ダダ洩れです。

あなたは、わざとサラお姉さまとの対局を長引かせてばかり。それだけではありませんね。あなたは対局の中で、サラお姉さまを『愛撫《あいぶ》』していた。ねっとりと」

先日のことが思い出される。イヴはある棋譜を示して、こう解説していた。

――「先攻のプレイヤーさんが――あらあら――後攻のプレイヤーさんへと情愛を抱いているようですね。壊れた情愛を」

先攻のプレイヤーとは、アレクのことだったのか。ならば後攻プレイヤーが、サラだ。まてよ。あのときイヴは、ある台詞をうっとりと呟《つぶや》いていたが――。イヴはすでに見えていたのか。

この盤上の、この瞬間が。

第六王子アレクの殺し方が。

アレクが震える手で駒を動かそうとする。しかし駒を取り落としてしまう。

イヴが親切そうに声をかける。

「急いでくださいね、アレクお兄様。持ち時間が尽きてしまいますよ」

「だ、黙れ」

アレクが何とか駒を動かす。だが、なんて悪手だ。

すかさずイヴの餌食《えじき》にされ、重要な駒を取られる。

イヴが『5秒ルール』にしたのは、このためだったのか。アレクに気持ちを落ち着かせる時間を与えないため。

いやそれだけじゃない。慣れぬ超攻撃型で攻め立てていたのも、全ては今に繋《つな》がっている。アレクが激しく動揺したとき、一気に首を獲《と》れるように。そのための準備段階。

何より、今のイヴの超攻撃型は洗練されている。先ほどまでの不器用な戦いかたとは違いすぎる。わざとヘタに指していたのか、アレクを油断させるためだけに。

対するアレクは、数分前とは別人。まともな王盤を指せていない。なぜならば魂の深いところを、イヴによって抉《えぐ》られ続けているのだから。

だからイヴは楽しそうだったんだ。

「あぁ、憐《あわ》れなアレクお兄様。サラお姉さまが、あなたの欲望に気づいていないとでも？　もちろん気づいていますよ。気づいていて、あなたを憐《あわ》れんでくれていたらまだ慰めになりますよね？

ですが、わたくしも女の子です。サラお姉さまのお気持ちがよく分かってしまいます。サラお姉さまが、あなたのことをどう思っているか知りたいですか？　知りたいですか、アレクお兄様？」

「う、うるさい、うるさい」

アレクは今にも泣きそうだ。それでも指し続けねばならない。そうしなければ敗北となる。

『5秒ルール』の残酷さだ。

イヴは素晴らしい攻めの手を指す。優雅でありながら、容赦のない一手。アレクは王駒を守るため、重要な駒を生贄《いけにえ》に捧《ささ》げねばならない。じわじわと甚振《いたぶ》られる。盤上でも、イヴの言葉でも。

「アレクお兄様にイヤらしい目で見られ続けて、サラお姉さまはなんと感じているのでしょうね？」

アレクが対局テーブルを殴る。

「ふざけるな！　ぼ、僕はサラ姉さんのことを、イ、イヤらしい目でなんか見ていない！」

イヴは朗らかに言う。

「セックスしたいくせに」

「貴様ぁぁぁ！」

激昂《げきこう》したアレクが立ち上がり、イヴに迫ろうとした。おれはイヴを守るため前に立ち、片手を挙げて頭を下げる。王族への敬意を表しつつも、必要ならば秒で首の骨をへし折れる姿勢。

向こうの守護者が、アレクを引き戻す。

「殿下、お時間が――」

アレクは慌てて次を指す。とんでもない悪手。もうまともに考えられなくなっているのか。

アレクがサラに情愛（性的欲望）を抱いているのは、今や明らか。〈ウォッチメイカー〉のアナリストたちが見落としていた真実を、イヴは棋譜だけから読み取ってしまった。

イヴはリズミカルに指しながら、愛を囁《ささや》く。

当然だろう、殺し文句なのだから。

「気持ち悪い」

ナイフで刺されでもしたように、アレクがたじろぐ。

「サラお姉さまは、あなたのことをそう思っていらっしゃることでしょう。気持ち悪いと」

アレクが弱々しく指す。

「や、やめてくれ」

イヴは一手指しながら、アレクを殺していく。

「気持ち悪い」

「た、頼む。も、もう許して」

「気持ち悪い」

「僕は、ただ僕は――」

「気持ち悪い」「気持ち悪い」「気持ち悪い」「気持ち悪い――はい、〈終焉《エンド》〉です」

イヴが席を立ち、踵《きびす》を返《かえ》して歩き出す。

アレクの守護者が憎悪《ぞうお》の眼差《まなざ》しを、イヴに向ける。

「貴様ぁぁぁ、この奴隷がぁぁ！　必ず弾劾投票で追放してやるからなぁぁぁ！」

勝敗が決した今、この男は今やイヴの国民だ。

イヴは振り返り、微笑《ほほえ》みかける。

「いいえ。あなたはそんなことはされませんよ。わたくしを弾劾するためには、元アレクの国民を説得せねばなりません。

そのためには、この対局で何が起きたのかを全て明かす必要があります。そうしなければ国民は納得しませんからね。アレクの秘められた感情を暴露するのですよ、あなたは。できるのですか？」

防音ガラスのため、こちらの会話も外に聞こえてはいなかった。だからおれ達《たち》が黙っていれば、アレクの秘められた欲望が広がる心配もないわけか。

もっと言えば、アレクの守護者がおかしな真似《まね》をしたら、こちらには全てを暴露する準備がある。そう警告したのだ、イヴは。

アレクの守護者も理解したようで、悔しそうに歯嚙《はが》みする。やっとの思いで絞り出した言葉が、

「殿下を呼び捨てにするな」

「王族ではない者を呼び捨てにして、何が悪いのでしょう？　すでにその方は、わたくしの弟ではないのですからね。

さようなら、アレク坊や。面白い対局でしたよ。ええ、今までで一番でした」

幕間 i

Princess Gambit ――プリンセス・ギャンビット――第一王女サラ――

その人物からの最初の接触は、守護者であるエイダに行われた。

エイダの学生鞄《かばん》内に、一枚の白紙が入っていたのだ。これがエイダでなかったら、何も考えず捨てるか、メモ用紙として使われていただろう。

だがエイダは思慮深く、『小さな異変でも報告義務を怠らないように』というサラの指令を遵守した。これこそが守護者の鑑《かがみ》ね、とサラは思う。

とにかくその白紙は特殊な用紙であり、水に浸《つ》けると文字が浮き上がった。

『深夜零時　天国からの音色が聞こえる場所で会いましょう　我々は協力できる』

回りくどい方法だが、サラはこう解釈した。この程度のトリックを暴けないようでは、接触する価値はなし――と。

その文章を読みながら、エイダが首を傾《かし》げる。

「サラ様、『天国からの音色が聞こえる場所』とは、〈天の鐘〉のことでしょうか？」

ロアノーク王立学園には創立より、教会が贈呈した鐘が吊《つ》るされていた。それが劣化のため、

10年前に取り外されたのだ。

　そのさい博物館に飾られるかわりに、学園と共に生きるという意味で、中庭に埋められることになった。保存ボックスを埋めるときには記念式典が開かれ、王子王女全員が参加したものだ。〈天の鐘〉が教会由来の品のためで、王族といえども教会の顔色はうかがわねばならない。王より強いのは、神のみ。

「現在は〈天の鐘〉を埋めた場所に、花壇ができているわ」

「この手紙は、他国の者が、サラ様に連絡を取ろうとしているのでしょうか？」

【王位選争】中は、他国の者といえば『ライバル王子王女の国民』を意味する。

「学園内にいることが問題のない者なら、こんな回りくどい接触方法は取らないでしょう。この接触者は、学園と【王位選争】の部外者ね。何者なのか、興味は出たわ」

「サラ様、見事な推理です」

「ありがとう」

　そう答えながらも、サラは内心で否定する。これは推理とは呼べない。接触者が、接触方法によって懇切丁寧に伝えてきた情報に過ぎない。

「花壇のある中庭には、誰を行かせましょうか？」

「ドムに任せましょう」

　ドムは自国民の中でも信用が置け、かつ格闘術に覚えがある。そうして約束の零時に連行してきたのは、一人の少女だった。

その少女は、ひとめ見たら忘れられない姿。顔の半分に、ひどい火傷《やけど》の痕があるのだ。幼少期に負ったものだろう。少しでも火傷《やけど》を隠そうというのか、長い黒髪が顔を覆っている。

エイダが身体検査をし、武器や録音装置を所持していないことを確かめる。

サラは少女を値踏みしながら言う。

「あなたが、回りくどい方法で接触を図ってきた者ね。学園の生徒――つまり国民ではないようだけど。何者かしらね」

サラが密会場所に選んだのは、教室棟内に数ある応接室のひとつだった。普段からサラの国民が使用している。ようは『領土』のようなものだ。念のため盗聴器などが仕掛けられていないことは確認済み。

その上で、エイダとドム以外は人払いもしてある。

少女は不敵な笑みを浮かべた。

「やぁ、サラ王女。はじめまして」

敬意が欠けているからといって、サラはいちいち腹を立てることはしない。ただ値踏みの一環として言ってみた。

「一国の王女に謁見しているのよ。跪《ひざまず》いたらどう？」

「それがお望みなら、跪《ひざまず》こう。だが私は、もっと有益なことのため来たのだよ」

『我々は協力できる』という文言？　正体も分からない相手と協力できるとでも？」

「私の正体を知りたいのか？　教えても構わないが、約束してもらいたいな。そこの木偶《でく》の坊《ぼう》が、私の首をへし折らないことを」

そこの木偶《でく》の坊《ぼう》とは、ドムのことだろう。いまもサラに危害が加えられそうになったら、すぐさま動けるよう構えている。

サラは微笑《ほほえ》みを浮かべ、

「早く説明したほうが身のためよ。あなたを当局に突き出さないほうが良《い》い理由を。そうでしょう？　なぜなら、あなたは仮想敵国の諜報《ちようほう》員なのだから——もちろん、この場合の『敵国』とは、【王位選争】内ではなく本来での意味よ」

サラが正体を暴《あば》くと、少女は驚愕《きようがく》したようだ。だがすぐに驚きを隠し、したたかに目を光らせる。

「その洞察力に感服する。王子王女の中で、あなたが最も切れ者だと思っていたよ、サラ殿下」

「賛辞の言葉、素直に受け取っておくわ」

「後学のためにお聞きしたいが、なぜ分かったのかな？」

「あなたのロアノーク語には、訛《なま》りがある。ヴォルヌ人がロアノーク語を会得《えとく》すると、どうしても独特のイントネーションが出てしまうものよ。

それにあなたは、自分が課報員《ちょうほう》だと教えたかったのでは？　水に浸《つ》けると文字が浮き出る紙なんて、まったく分かりやすいスパイ道具じゃない。

さぁ、残り時間は少ないわよ、スパイさん。わたしがあなたを収容所送りにしないよう、どう説得するつもりなのかしら？」

少女は、顔の火傷《やけど》痕を指先でなぞった。それが彼女の癖なのだろう。おそらく不安を感じているときに出る癖だ。

「窓を開けてくれるか？　ここの空気は淀《よど》んでいる」

サラがうなずき、ドムが遮光カーテンを引いて窓を開ける。

「ありがとう。まず初めに明かしておきたいのは、私はただの駒に過ぎないということだ。私はヴォルヌ課報《ちょうほう》機関〈ウォッチメイカー〉からの指示で動いている。〈ウォッチメイカー〉は、あなたとパイプを築いておきたいのだ。次期女王となるお方と」

「下馬評では、次期国王となるのは兄上らしいわよ？」

「〈ウォッチメイカー〉の本音を言うならば、ルガス王子との取引は不可能だろう。あなたの兄上は、柔軟性に欠ける」

サラは同感と思いつつも、険しい口調を出して言う。

「わたしなら取り込みやすいとでも？」

「まさか。だが、あなたは賢明な方だ。我々と利害が一致していることに、すでに気づいていることだろう。

我々としては、仮想敵国の君主には冷静沈着な者に即位していただきたい。ロアノークとヴォルヌで戦争が始まれば、双方とも『敗者』にしかならないと理解している者を」

サラは内心では同意した。

二つの超大国が戦争を起こせば、双方ともに甚大《じんだい》なる被害が発生する。ロアノークが勝利国となっても、その被害は取り返せないだろう。

なぜなら、敗戦したヴォルヌは国土に壊滅的なダメージを受けているはずで、賠償金を請求しても払えまい。

損得勘定すれば、戦争が大損なのは分かり切っている。

いや、損得勘定するまでもないのだ。なぜなら戦争とは、100％勝てるシナリオがなければ始めてはならないのだから。そしてロアノーク側にしても、ヴォルヌ側にしても、100％勝てる状況などありはしない。

しかしルガスが国王となれば、開戦のキッカケとなることをやりかねない。たとえばヴォルヌ属国への侵略行為などを。

現在でも代理戦争などでけん制し合っている両国だが、父上は一線を見極めている。ルガスの場合、一線は見極めても意図的に踏み越えるかもしれない。なんという不経済。

ただ驚くことでもない。奴隷収容所の建設などを本気で考えている兄なのだ。公共投資のつもりかもしれないが、サラに言わせれば税金の無駄遣い。

だいたい、奴隷を収容しだしたら国際社会からの風当たりは悪くなる。なにを好んで悪者になりたがるのか。今でも時代遅れな奴隷法のせいで、ロアノークの評判は右肩下がりだというのに。

(切れ者でも、時には愚かになる。ルガス兄さんは、そんな人間の標本ね)

サラは思考を切り替えて、

「つまり、わたしが玉座に座るのを助けると？　まさかそんな言葉を、わたしが信じるとでも？」

〈ウォッチメイカー〉の少女は肩をすくめた。

「助けは多いほうがいい。とくに、ルガス王子に大きく水をあけられている現状を考えれば」

「このていどの『国力差』は逆転できるわ。何より、あなた達《たち》の手を借りて即位したとしても、大きな代償を支払わされそうだものね」

「まさか。我々が要求するのは、ロアノークの君主が聡明《そうめい》であることだけ」

ぬけぬけと嘘《うそ》をつくものだ。

「取引するとして、あなたはどう協力してくれるのかしら？」

「ご提案したい」

「何を？」

「ルガス王子の倒し方を」

サラは一考する。

〈ウォッチメイカー〉を利用して【王位選争】に勝利したとしても、それは恥じることではない。手駒が仮想敵国のスパイだとしても、おおやけにならなければいいのだ。スパイの世界には、素晴らしい方法があるではないか。

暗殺という方法が。

目の前にいる諜報員《ちょうほう》が不要になったら始末し、〈ウォッチメイカー〉が何を要求してこようとも取り合わない。徹底するべきは、証拠となる会話などを録音させないこと。あとは最終の見極め。王盤試合と同じように、数手先を読むのだ。

サラはこれまでも50手先まで読んできた。

そして手駒を活用することは、プライドを傷つけることにもならない。

「考える時間が必要ね」

「もちろんだ」

「あなたに連絡したいときは、どうすればいいの？」

「こちらから、あなたの守護者に接触しよう」

それだと、常に相手が主導権を握ることになる。さらに一考。

この少女を拘束し、拷問してでも『ルガスの倒し方』を聞き出すべきか。いや、そんな方法では正しい『倒し方』を明かすとは限らない。〈ウォッチメイカー〉を利用するならば、まだ下手に出ておくときか。

「分かったわ。ところで、あなたのことは何と呼べばいいのかしら？」

「私のコードネームは〈魔女〉だ」

「〈魔女〉さんね」

ぴったりなコードネームね、とサラは思った。

〈魔女〉は立ち去ろうとしたが、ふと思い出したように言う。

「ああそれと——お恥ずかしい話だが、〈ウォッチメイカー〉は一枚岩ではない。複数の派閥が凌《しの》ぎを削っている状況でね」

「少なからず全ての組織とは、そういうものでしょう。一枚岩とはいかないわ」

反射的にそう言ってから、サラは自問する。

（フォローするような言い方をしたのは、自分たちも血の繫《つな》がった者同士で玉座を争っているからかしらね）

「ご理解いただけて嬉《うれ》しい。さて本題だ。実は、我々には与《くみ》しない弱小派閥が、異なる計画を進行中のようでね」

「異なる計画？」

〈魔女〉はくっくっと笑った。

「大それた計画だよ。とんだ妄想のような計画だ。我々はあなたと協力関係を築くのを目的としている。ところがその派閥は、〈ウォッチメイカー〉が飼いならした狗《いぬ》を、ロアノークの君主に据えようとしているのさ」

「ロアノークを傀儡国《かいらい》にしようというわけ？」

「怒らないでくれ。〈ウォッチメイカー〉の弱小派閥が勝手に思いついたことだ。逆転の一手のつもりなのだろう」

複数の思考が、サラの脳内を高速で走る。

〈魔女〉派閥の目的も、最終的にはこちらを傀儡《かいらい》にすることだろう。狙いが分かっている以上、思惑通りに動くつもりはないが。

さらに弱小派閥が動かす計画について。『ロアノーク君主』を狙える『狗《いぬ》』とは、つまり――。

「王子王女の一人を、すでに取り込んであるというわけね」

困ったものだよな、と言わんばかりの〈魔女〉の眼差《まなざ》し。火傷痕《やけど》に触れないことから、この件にストレス要因はないらしい。

質問することは、主導権を相手に渡すことだ。それでもサラは聞かねばならなかった。

「狗《いぬ》とは、誰なの？」

「我々の友情が完成したときに教えよう。あなたが協力関係を結んでくれたときに。では今回は、これで――」

サラは決断を迫られた。やはり捕らえて拷問するべきか？

ドムの顔は、いつでも下命を待っていると言っている。サラが命令を発しようとしたとき、ふと視線の先に窓が飛び込んできた。

先ほど、なぜ〈魔女〉は窓を開けるよう要求してきたのか――いまなら分かる。遮光カーテンを引かせるためだ。

窓の外には、50ｍほど先に塔が聳《そび》えている。かつては、この塔の頂上に〈天の鐘〉が吊《つ》るされていたのだが。

この塔には複数の小さな窓があり、そこからはこの室内がよく見えることだろう。塔内に潜伏しているスナイパーが、たやすく狙撃できるわけだ。

〈なるほど〈魔女〉さん、一手目で脱出策を打っていたわけね。潜ませたスナイパーが狙撃できるよう、遮蔽物となっていたカーテンを引かせたのだから。あなたもきっと、王盤が得意なのでしょう〉

サラは左手の小指をわずかに持ち上げただけで、ドムに指示した。待機せよと。

「〈魔女〉さん、また会いましょう」

「ああ、楽しみにしているよ」

〈魔女〉は不気味な笑みを残し、歩き去った。

しばし待ってから、サラはうなずく。

「いいわ、行きなさい。だけど手は出さないように」

ドムに尾行を命じたのだ。しかし相手は諜報員《ちょうほういん》だ。尾行は失敗するだろう。そもそも中庭に出たところで、狙撃されなければの話だが。

たとえ狙撃されても、ドムの代わりはいくらでもいる。ただ狙撃事件ともなれば、何かと騒ぎになるだろう。騒動を好まないのは、〈魔女〉サイドも同じはず。よって手さえ出そうとしなければ、狙撃は行われない。

ここでエイダが勢い込んで言う。

「サラ様。〈ウォッチメイカー〉に取り込まれた者が【王位選争】に参加していると、〈まだら雲〉に通報いたしましょう！」

サラは忠実なる守護者を眺めながら、考える。

エイダの進言は正しい。問題がいくつもあるのを除けば。

たとえ〈ウォッチメイカー〉の狗《いぬ》がいると明らかになっても、【王位選争】が中止になることはないだろう。ただし〈まだら雲〉の、【王位選争】への監視と介入は強まってくる。それは歓迎できぬ事態では？

何より狗《いぬ》の件を通報することは、〈魔女〉の存在を明かすことと同義。〈魔女〉の利用価値を自ら捨てることになる。【王位選争】の現状を考えるに、その選択はあまりに惜しい。

「いいえ。まだ〈魔女〉は泳がしておきましょう。エイダ、この件は口外しないように。あとでドムにも伝えておいて」

「承知しました。あの、サラ様。〈ウォッチメイカー〉の狗《いぬ》とは、何者でしょう？」

「現段階では、実際に狗《いぬ》がいるかさえも定《さだ》かではないわ。よって推量しても仕方のないこと」

「では、探りをいれますか？」

考えどころだ。探りを入れ、自力で狗《いぬ》を発見できたらどうか？　狗《いぬ》と〈魔女〉、双方に対して主導権を握ることが可能。【王位選争】での戦略も広がる。

だが先んじて狗《いぬ》が、こちらの動きに気づいてしまったら？　自らを守るため、狗《いぬ》から攻撃を仕掛けてくることもありえる。もしかすると〈魔女〉が狙っている構図こそが、その状態かもしれない。

「いまは静観しましょう。ただし耳はすませておくことね」

いずれにせよサラの中では、何人かの容疑者が浮かび上がっていた。

プリンセス・ギャンビット

Ⅱ 章

〈戦争〉——＜ウォー＞

Princess Gambit
Chapter Ⅱ

1,ロアノーク領海に位置するガル島で行われる。
2,参加する王子王女は自軍の総指揮官となり、全責任を負う。
3,同盟による軍隊の場合、盟主が総指揮官となる。

～軍隊について～

1,総指揮官は、国力から計算された軍事費を使い、自分の軍隊を事前に購入する。
2,軍事費が支払える限り、軍隊の構成は自由。
3,購入できる兵器は、小火器、迫撃砲、戦車などがある。ただし航空戦力は購入できない。たとえば戦車を購入した場合、運用するのに必要な兵士も自動で購入されることになる。

～勝利条件について～

敵の総指揮官（王子王女）を行動不能にすること。捕虜または『殺害』である。

Princess Gambit
Chapter Ⅱ ——— WAR

1

イヴ対アレクの〈王盤〉が行われた日の夜、コテージのリビングにて。

一仕事を終えたイヴは、ソファで胡坐《あぐら》をかいていた。膝の上には、現代史の教科書を開いている。ホットココアを注いだマグカップを、おれはテーブルの上に置いた。

「予習か？」

「はい。ナーダ事件について」

「なるほど」

イヴは教科書をぱたんと閉じた。

「しかし、わざわざ勉強するまでもないでしょう。とくにロアノーク国民にとっては。誰もが記憶している、たった5年前の事件なのですからね」

「まぁな」

5年前——1977年5月2日にロアノークを襲った、国家を揺るがす大事件。

通称ナーダ事件。奴隷が起こした反乱だ。ルガスが準備する奴隷収容法を、いまも後押ししている根深い事件。

とはいえナーダ事件の前も、ロアノーク内で奴隷反乱は発生していたのだ。ただしどれもが、地方警察の力で鎮圧できるレベルでしかなかったが。

主な要因は2つ。ひとつは反乱といっても奴隷たちによる烏合《うごう》の衆でしかなかったこと。さらに致命的なのは、奴隷身分ではまともな武器を入手することが不可能だということだ。

ところがナーダ事件だけは違った。反乱組織は統制が取れており、何より銃火器で武装していたのだ。最低限の射撃スキルまで身につけたという。

反乱鎮圧後の捜査で判明したことだが、ロアノーク軍部内に［奴隷解放派］が存在していた。統率していたのは或《あ》る中将で、彼に賛同した軍人たちが反乱組織を支援。軍隊の武器を横流しし、戦闘訓練まで施したという。

かくしてロアノークが想定していなかった事態、奴隷の組織による武装蜂起に至ったのだ。

当時、おれはまだ〈ウォッチメイカー〉の訓練生で、『どこにあるかも分からない』訓練施設から、ロアノーク国内の内戦情報を追っていたものだ。

そう、まさしく内戦だった。

8日間に及ぶ内戦。

どんな国家にしても、内戦が起きた時点で政府にとっては『敗北』といえる。自国の領土内で、自国民と戦うことほど有害なことはない。

奴隷組織はゲリラ戦法を取ったため、国軍という最強の暴力も機能しづらかった。

最終的に決着をつけたのが、ロアノーク防諜《ぼうちょう》機関である〈ゴールデンアイ〉。反乱組織内にスパイを紛れこませ、指揮系統を把握。

その上で反乱組織のリーダーと幹部たちとの分断策を講じたのだ。まずリーダーがロアノーク政府と裏取引している、という偽《にせ》情報を流す。同時にリーダーを秘密裏に暗殺し、死体を隠滅。

幹部たちからしてみたら、リーダーが雲隠れしたように見える。こうして組織内部に混乱を起こすことで脆弱《ぜいじゃく》化させていき、最後には空中分解まで追い込んだ。

ロアノーク政府の内通者を経由して〈ゴールデンアイ〉の仕事ぶりを聞いたとき、敵ながら優秀な奴《やつ》らだ、と脱帽したものだ。

ナーダ事件でのロアノーク市民の犠牲者は、550人。対して、奴隷の犠牲は8000人にまで及んだという。見せしめの意味も大きかっただろう。

「ところでカイさん。反乱組織と、ロアノーク軍部内の［奴隷解放派］は、どこで接点を持ったのでしょうね？　仲介役がいたはずでは？」

「だろうな」

イヴは何か言いたそうだったが――

「では本題の、ジェシカ王女の話をしましょう」

「『空白の8日間』の話か」

なぜ今回の奴隷反乱が、ナーダ事件という名称なのか。それは港湾都市ナーダで、武装蜂起が起きたためである。ゆえに反乱組織もまた、〈ナーダ〉と呼称されている。港湾都市ナーダを中心とした地域では、ロアノーク内でも、前時代的な思想が色濃く残っている。すなわち『奴隷には鞭《むち》を打て』という思想が。

奴隷による反乱組織が生まれるのに、この地域ほどふさわしい場所もなかっただろう。

〈ナーダ〉は反乱の狼煙《のろし》として、まず都市内の複数カ所を同時刻に襲撃。その中には、レイクロウト家の邸宅も含まれていた。

レイクロウト家とは一等貴族。そして当時の女当主が、現国王の第四正室だった。

すなわち、ジェシカの母親だ。

5月2日未明、〈ナーダ〉はレイクロウト家を襲撃し、警護の者だけではなく、使用人までも惨殺《ざんさつ》した。使用人の中には、奴隷戸籍の者もいたというのに。さらに火を放ったため、レイクロウト邸は全焼。

そしてジェシカと、母親のキャリー・レイクロウトが拉致された。第二王女は王都の宮殿よりも、レイクロウト邸で過ごすことが多かったのだ。

ただ不可解なことに、〈ナーダ〉から『王女を人質に取った』という声明が出ることはなかった。

8日後の5月10日。反乱鎮圧と同じ日、全焼したレイクロウト邸から500キロ離れた場所で、ジェシカ一人が保護された。車道を裸足《はだし》で歩いているところを発見されたのだ。

ジェシカの証言から、やはり奴隷たちに囚《とら》われていたことが判明。彼女を監禁していたアジトも特定された。

だがそこで発見されたのは、変わり果てたキャリー・レイクロウトだった。ジェシカの母親の死体は溶解液に入れられ、半分以上も溶かされていたのだ。

この事実は国内に広がり、奴隷の大量処刑に反対していた穏健派の考えをも、変えることになった。見せしめが必要だ、と。

そして――ジェシカが拉致監禁されていた8日間は、回りくどく『空白の8日間』と呼称されている。

イヴはホットココアを味わい、ぺろりとくちびるを舐《な》める。

「引っかかりますね」

「何が？」

「〈ナーダ〉はジェシカ王女を捕らえたというのに、なぜ声明を出さなかったのでしょう？」

「たしかに王女を捕らえたとなれば、取引材料として使えるからな。だが説明はつくんじゃないか。たとえば、拉致監禁したはいいが恐れをなしたとか。相手はただの貴族じゃない、王女さまだ。取り扱いを間違えれば、一族郎党が皆殺しにされる」

「ふむ」

うちの王女は、納得していないらしい。

ここでイヴが取り出したのは、コンパクト化粧鏡型の端末装置。この端末内に、〈ウォッチメイカー〉から提供された全情報が記録されている。

しばし端末装置で検索をかけていたが、ついにウンザリした表情で言う。

「怠慢でしょうか？　ジェシカ王女関連の情報の中に、ナーダ事件での『空白の８日間』がほとんど記載されていないというのは？」

「【王位選挙】での戦いに関係なし、と判断されたのだろうな」

「いますぐ暗号化通信で、ナーダ事件と『空白の８日間』の情報をくださるよう頼んでください。どんな些《さ》細《さい》な情報でも欲しいと」

「あまり不審な電波を飛ばしたくないんだがなぁ。〈まだら雲〉側に感知される危険性が高まる」

それでも【王位選挙】を仕切っているのが、〈まだら雲〉というのは有難《ありがた》い。〈ゴールデンアイ〉よりかは、だいぶ脇が甘いからな。

「ダメですか？」

こんなときイヴは、甘えるような声音で言うのだから。

「重要なことです、カイさん。わたくしのために、お願いします」

「了解したよ、お姫様」

2

翌日。現代史ではナーダ事件が取り上げられていた。

被害者であるジェシカも授業を受けるなかだ。一見、無神経ともいえる選択。

ただ当人は、とくに気にしている様子もない。いつも通り棒付きキャンディを舐《な》めながら、退屈そうに黒板を眺めている。

考えてみると、トラウマだからとナーダ事件を回避されるのは、誰よりジェシカ自身が迷惑なことだろう。囚《とら》われの経験は心に傷跡として残っているはずだが、それを気取られるのは弱さのあらわれ。【王位選争】において、上位の王子王女が弱みを見せるのは、足をすくわれる要因になりかねない。

ふいにジェシカが立ち上がり、手を上げて伸びをした。それからイヴの左隣まで歩いてきて、腰かける。

今日は、おれの席はイヴの右隣。2人の会話を盗み聞けるし、気づかれずに様子も窺《うかが》える。

ジェシカが頬杖《ほおづえ》をついて、イヴを見やった。

「ねぇ、イヴ。昨日のアレクとの一戦は凄《すご》かったね。なぜアレクほどの手練《てだ》れが、途中からあんな酷《ひど》い手を指し始めたかは意味不明だけど」

ジェシカは探りを入れてきたのか。

イヴは板書する手を止めて、困った様子で答える。

「アレクお兄様は体調が優れなかったようです。そうでなければ、わたくしのような二流のプレイヤーに敗北するはずがありませんもの」

「謙遜することはないよ、イヴ。アレクに〈王盤〉を選択させた手腕も見事だったし。弟子のエルバード君がサラ姉さんに勝つことで、アレクから選択肢を奪う。見事、見事。だけど――あたしは疑っているよ。それさえも見せかけだったのではって」

イヴは小首を傾《かし》げ、改めてジェシカを見やる。

「どういうことでしょう？」

ジェシカが身を乗り出し、イヴに顔を近づける。

「巧《うま》い手だよね。20時間以上も対局させるなんて――だけどサラ姉さんは氷の心だから、そう容易《たやす》くは攻略できない。エルバード君、顔は悪くないけどねぇ」

「わたくしの守護者ごときが、サラ王女殿下の心を射止められるはずがありませんよ」

なるほど。ジェシカが疑っているのは、逆ハニー・トラップ作戦か。イヴは、おれにサラを落とさせようとした、と。

イヴにその狙いはなかったはずだが――。

そういう解釈を取ってくるとはね。このジェシカという王女、発想が諜報員《ちようほう》寄りだな。

「試してみる価値はあるよね。男と女。どんな間違いが起きてもおかしくはない。それに誘惑が無駄骨に終わっても、アレクに〈王盤〉を選ばせる策のほうは成功するわけだし。抜かりがないね、イヴ」

「一目惚《ひとめぼ》れでもなければ、最初の接触で恋に落ちることはありませんよ。大事なのは、根気よく繰り返し会うことです」

おいおい、イヴも乗っかるなよ。

「なるほどねぇ。ま、始まったばかりのラヴストーリーは措《お》いておいてさ。イヴ、キミとあたしは、お互いに助け合えるとは思わない？」

同盟の誘いか。イヴが予想していた通りの展開になってきたが、早いな。

イヴはといえば、不安そうな表情だ。もちろん演じているわけだが、そうと知らなければ騙《だま》される。この『演ずる力』、天性の才だな。

「わたくしなどで、お姉さまのお力になれるのでしょうか？」

ジェシカが野心を抱いていることは間違いない。

問題は、どのような野心なのか、だ。

イヴの読みでは、それは己が女王となる野心ではない。別の形で、この【王位選争】を支配するという野心だ。

どうするのか？　まず終盤戦に入る前に、全体の三番手まで国力を上げる。ジェシカが身売りした相手が、必ず勝利するレベルの国力を。

そうなれば【王位選争】を支配するのは、ルガスでもサラでもない、実質ジェシカとなるだろう。なぜならジェシカこそが、次なる王を決める立場になるからだ。

ジェシカはネイルした指先で、イヴの髪をいじる。

「イヴ。これは同盟の申し出だよ。あたしはキミのために、キミはあたしのために――共に【王位選争】を戦い抜こうよ」

「わたくしの国民は、たった32人です。それなのにお姉さまと同盟を組むなんて、あまりに恐れ多いことです。わたくしにその価値はありません」

ジェシカはさらに顔を近づける。イヴに吐息がかかるくらいまで。

甘ったるい口調で、

「あたしには、キミの知略が必要なんだよ。国民の数なんて関係がない。ねぇイヴ、これはあたしからの愛の告白だよ。まさか断ったりしないよね？」

イヴは頬を赤らめて、恥ずかしそうに目を伏せる。

「そんな……」

ジェシカの指先が、イヴの左耳をなぞる。

「さぁ、返事を聞かせて」

イヴは熱っぽい口調で答える。

「お姉さま、わたくしでよろしければ……」

「ありがと、イヴ」

なんでイチャ付いているんだ、この2人。

「それで盟主なんだけど、イヴに任せたいんだよね」

「え？　ですが――」

「まぁ聞いて。あたしとイヴで同盟を結んだことは、いずれは知れ渡る。運営委員会が告知することはなくても、自国民すべての口は塞げないからね。

そうなると、この【王位選争】ではじめての同盟関係。ライバルたちからの注意を引くことは避けられないよね。そのとき、盟主がイヴだったとしたら？　『奴隷が盟主では、たとえ同盟が結ばれても脅威ではない』と侮《あなど》られるはず。

もちろん、あたしはイヴの凄《すご》さを理解している。だからこそ同盟相手に選んだわけ。だけどさ、ほとんどの王子王女たちは、まだイヴの実力を見抜いていない。それを利用しない手はないよ」

「……分かりました。盟主を引き受けさせてください」

ちょうど授業が終わった。ジェシカは満足そうな様子で立ち上がり、

「じゃ放課後になったら、同盟の手続きを済ませに行こうね」

そうして歩き去った。意外ではないが、おれのことは見向きもせずに。

王族が注意を払わないときは、『いない人間』として振る舞うのが礼儀だ。おかげで詰まらん挨拶をせずに済んだ。

「イヴ。君の読みどおり、ジェシカは同盟を申し出てきたな。君という手駒を欲《ほっ》したのだろうが――盟主の座まで譲ってくるとは思わなかった」

「これも、ジェシカお姉さまの策略のひとつでしょう」

「というと？」

「【王位選争】には、明記されていないながらも、確然としたルールがいくつかあります。たとえば盟主の解釈の仕方です。盟主というものは、一時的とはいえ同盟相手の国民たちの代表でもあります。よって弾劾投票には、同盟相手の国民も参加するのですよ」

「なるほど。ジェシカは、君を盟主に立てて利用する。そして利用価値がなくなったら、配下の国民たちに命じて弾劾投票を起こさせ、君を追放するつもりなのか。悪賢いことだな」

「可愛《かわい》らしい方なのですよ」

「対処法は？」

「弾劾投票が行われるとき、わたくしは立ち会わねばなりません。裏を返せば、わたくしの知らないところで弾劾投票が行われることはないのです。

さらにこの同盟によって、投票する国民は158人。全員が投票を終えるまでには、一定の時間がかかるでしょう」

「つまり？」

「同盟破棄は、片方が望めばいつでも可能です。ですから弾劾投票が始まったら、カイさんは運営委員会の本部に向かってください。

そこでわたくしの名代として、投票が終わる前に、ジェシカとの同盟を破棄するのです。守護者ならば可能です。その時点で、イヴ・ジェシカ同盟は消滅しますので、弾劾投票そのものが中止となります」

「可能なのか？　弾劾投票が始まってからの同盟破棄が？」

「はい。先日、運営委員会に問い合わせて、可能であると確認しました。念書も取っておきましたよ」

さすがに抜かりがない。

「そんな簡単な回避方法があることを、ジェシカは確認していないのだろうか？　その程度のプレイヤーということか？」

「いいえ。回避方法があることなど、とっくにご存じでしょう。さらに、わたくしが見抜いていることも」

「それでもジェシカは、君を盟主にしてきたのか。なら真の狙いはなんだろう？」

イヴは晴れやかな微笑《ほほえ》みで答えた。

「分かりません――いまはまだ。ですが、早めに手を打っておきましょう」

☆☆☆

その後、複数の計画を着実に進めるイヴから、新たな『お願い』をされた。

「ルガス王子から、夕食に招かれて来てください」とのこと。ちゃんと『手順』付きなので、気楽な任務だ。

今回もルガスの移動中を狙った。イヴという興味の対象がある以上、おれを見かけては無視できまい。こちらから謁見を求める必要がないのは、楽でいいな。

「やぁ、エルバード君」

「お声がけいただき、ありがとうございます。殿下の道が永遠に栄光のもとで輝きますように」

「昨日行われた、イヴくんの王盤試合は圧巻だったね。まさかアレクを王盤で刺す者が出ようとは。だがね、僕に驚きはないよ。残念ながら、アレクには弱さがあった。その弱さを的確に突くことができれば、アレクを動揺させることもできただろう」

ルガスは一考して、

「いや、動揺ではまだ勝てない。アレクは動揺くらいなら立ち直ることができた。生きる気力を奪うくらいのことをしなければ、アレクの指し手を乱すことはできなかっただろう。そうだろう、エルバード君？」

イヴがどうやってアレクを壊したのか、ルガスは知っているのか？　対局中の情報が漏れたとは思えない。ルガスにも、アレクの攻略法は見えていたということかね。

「殿下。私のような下賤《げせん》の身には、理解できぬことでございます」

一瞬だけルガスの眼光が鋭くなる。

「あまり愚かしいことを言うものではないよ。腹が立つ」

ふむ。安全策で無能者を演じたが、度が過ぎたか。

ルガスは眼光を和らげて、長年の友のようにおれの背中を叩《たた》いた。

「見てごらん、エルバード君」

窓辺に歩み寄り、中庭を指さす。広大な中庭の中央には、各王子王女の旗を掲揚するポールが人数分あった。旗に描かれているのは、それぞれのエンブレム。イヴを示すのは、鉄格子。

いまアレク王子の旗が下ろされていく。

「【王位選争】が終わったとき、敗北した者の旗はすべて下され、勝者の旗だけがはためくことになる。次なる国王の名を世界に知らしめるためにね」

鉄格子のエンブレムが描かれた旗だけがはためくことになったとき、さてルガスはどのような反応を示すのだろう。

イヴの指示に従い、おれは本題に入る。

「ルガス殿下。不躾《ぶしつけ》なお願いではありますが、我が主イヴが是非とも殿下にお目通り願いたいとのことです。『〈赤い家〉の地下』のことで、殿下にお伝えせねばならぬことがあると申しております。私には何のことか分かりかねますが」

ルガスの微笑《ほほえ》みが、一瞬だけ崩れた。

動揺したのか？

〈赤い家〉とは、ルガスが所有する数ある不動産の一つだ。このロアノーク王立学園から徒歩15分程度のところにある豪邸。〈赤い家〉の由来は、屋根も外壁も真っ赤だからだが。

分からないなぁ。なぜ〈赤い家〉にそこまで反応するのか。

『詐欺師の微笑《ほほえ》み』を取り戻したルガスが、鷹揚《おうよう》にうなずく。

「もちろんだ。イヴくんの頼みなら断れないね——今夜は空いているかい？　君たちを夕食に招待しよう」

学園の敷地《しきち》内にあるルガスの私邸に招かれたということだ。

この誘いから、次のことが分かる。

第一王子が毎晩ヒマしているとは思えない。おそらく今夜の予定をキャンセルしてでも、イヴとの夕食を優先した。さらに夕食でなければならないのは、私邸内で隠密《おんみつ》に話したいからだ。『〈赤い家〉の地下』というフレーズには、それだけの破壊力があるわけか。

「ご招待に感謝いたします」

「では今夜、迎えの者をやろう。19時でいいかな。楽しみにしているよ」

取り巻きを引き連れて、ルガスが歩き去る。姿がなくなるまで、おれは敬意を表して頭を下げていた。

さて、イヴの狙いは何か。

3

その夜。王族の夕食に招かれたので、おれは燕尾服《えんびふく》を着用。1階で待っていると、イヴが2階から降りてきた。

イヴが身にまとっているのは、ワインレッドのロングドレス。繊細な指先で手すりを撫《な》でるようにして、優雅に歩《ほ》を運んでくる。その麗《うるわ》しさは、まさしくプリンセス。

おれは息をするのも忘れて、見惚《みほ》れてしまった。

「イヴ……綺麗《きれい》だ」

そう言葉にしてから、ハッとした。つい気持ちを口に出してしまうとは。

イヴはソファに腰かけて、足を組んだ。何も不満がないという、穏やかな微笑《ほほえ》みを浮かべる。

直感的に気づいた、かなり不機嫌らしい。

「わたくし、よく隠し事をします。ケーキを手に入れたら、一人でこっそりと食べちゃいます。ですが、カイさん。あなたがこっそりケーキを食べているのを見つけたら、わたくしは嫌いになってしまいますよ」

かなり自分勝手なことを言いだしたな。

「つまり、おれが君に隠し事をしていると？」

イヴのエメラルドグリーンの瞳が、おれを見抜く。

「ナーダ事件、影の首謀者は〈ウォッチメイカー〉ですね？」

おれはイヴの前に椅子を引きずっていき、座った。

「やはり君も同意見か」

こっそりケーキを食べていたわけではないと理解してくれたようで、

「あぁ、そういうことでしたか。〈ウォッチメイカー〉は強迫観念のように秘密主義。そして複数の派閥があるのでしたね。ナーダ事件を仕組んだのは、カイさんが属するのとは別派閥ということですね？」

「〈ウォッチメイカー〉が絡《から》んでいるのなら、そうなる。だが確証はない。うちの管理官は、身内の仕業と読んでいるようだが」

くすっと笑ってから、イヴは言う。

「管理官さんは聡明《そうめい》な方のようですね。ロアノークにとって最大の汚点であり、最大の弱み。

それが奴隷制度です。〈ウォッチメイカー〉が利用しない手はない。

奴隷たちを陰から操り、扇動し、反乱を起こさせる。諜報《ちょうほう》機関が好みそうな策ですが、ひとつ問題がありました。武装させる方法です」

「ああ。奴隷の反乱組織に武器を供給すれば、『陰から操っていますよ』とロアノーク側に教えるようなものだからな。かといって奴隷たちが自力で、武器を調達することもできない」

「〈ウォッチメイカー〉に必要なのは、隠《かく》れ蓑《みの》でした。自分たちの代わりに武器を供給させられる隠《かく》れ蓑《みの》。ふむ。ロアノーク軍部内の［奴隷解放派］など、ぴったりではありませんか」

「〈ウォッチメイカー〉からしてみたら、天からの贈り物だったよな」

「カイさん。天は何も与えてはくれませんよ。贈り物が欲しかったら、自分でこしらえることです。好みの商品を買い、ラッピングまでしなくてはいけませんよ」

イヴとの会話は、常に驚きに満ちているよな。

「軍部の［奴隷解放派］も、〈ウォッチメイカー〉が作ったというのか？　てっきり〈ウォッチメイカー〉が果たした役割は、反乱組織と［解放派］の橋渡しくらいかと思っていたが……たしか［解放派］を指揮したのは、或《あ》る中将だったが。そうか。その中将の弱みを握り、［解放派］を組織するよう操ったわけか」

「いいえ、わたくしなら操ることはしませんね。『反乱組織に軍の武器を流せ』というのは、ようは『謀反《むほん》を起こせ』と命じるに等しいですからね。そこまでの弱みを握るのは難しいでしょう。

当人を操るより、もっと簡単な方法がありますよ。まずロアノーク軍部内に別の協力者を作り、反乱組織に武器を横流しさせます。この協力者はちゃんと守ります。

一方で、くだんの中将とその派閥が武器を横流しした、という証拠を捏造《ねつぞう》します。あとは、のちのち発見されるように適度に撒《ま》いておくだけですね」

なるほど。軍部の中にも、複数の派閥はある。〈ウォッチメイカー〉と違って、秘密主義じゃないだろうが。とにかく標的にされた中将もまた、自分の派閥を持っていたはず。

ようは、その派閥を丸ごと、[奴隷解放派] に仕立ててしまうわけか。

「軍事法廷で、中将たちは否認しただろうなぁ」

「問題ありません。犯人とは否認するものですから」

もちろん、これはイヴが『自分ならそうした』という話に過ぎない。そもそもナーダ事件に〈ウォッチメイカー〉が関わっていたかどうかさえ定《さだ》かではないのだし。そう、おれが確信を持てずにいるのには、ひとつ理由がある。

「ナーダ事件を〈ウォッチメイカー〉が仕組んだのなら、中途《ちゅうと》半端《はんぱ》に思えてならない」

イヴも同意見のようだ。

「そうですね。せっかく奴隷による武装蜂起を実現させたのに、ロアノーク政府のダメージは最小限でした。カイさんならば、武装蜂起に続く一手はどうされました？」

「混乱に乗じて、国内の発電所を破壊するだろうな。これは奴隷には任せられないので、諜《ちょう》報《ほう》員が行う。奴隷に身分偽装した諜報《ちょうほう》員が」

「ロアノーク中で大停電ですか。攻撃手の幅が広がる。あぁワクワクしますね、カイさん」

はじめて遊園地にでも連れていってもらった子供のように、瞳をきらきらと輝かせている。

そんなイヴを眺めながら、おれは微笑《ほほえ》ましく思うべきなのか？

「仮に〈ウォッチメイカー〉が仕組んだのだとしたら――おそらく途中で手を引いたのだろう。何か予期せぬ事件が起きたとしか考えられない」

「ふむ。手を引いたきっかけは、ジェシカお姉さまかもしれませんね」

「反乱組織〈ナーダ〉が、ジェシカ王女を拉致したことが？」

「はい。〈ナーダ〉は、踏み越えてはならない一線を越えたのでしょう。王女の誘拐に関わるのは、〈ウォッチメイカー〉としてもリスクがありすぎる。ロアノークにとって王族の重みとは、大戦勃発に踏み切るほどなのですからね」

大戦が起きたとき、ロアノーク・ヴォルヌ両国の諜報《ちょうほう》機関は敗北したことになる。ある意味では、おれたちの虚々実々の駆け引きこそが、敵対する両国のバランスを取っているともいえるのだ。平和の使者ってこと。

「ところでカイさん。現在〈ウォッチメイカー〉は、ロアノーク内で反乱組織を所有してはいませんね？」

「おれが知る限りでは、ないな。おそらく別派閥も所有してはいないだろう。ナーダ事件以降、防諜《ぼうちょう》機関である〈ゴールデンアイ〉の監視は厳しくなった。ナーダ事件は良くも悪くも前例を作ってしまったからな。奴隷でも武装蜂起ができるのだ、という前例を」

イヴの視線が虚空《こくう》の一点へと定まる。

「では……ひとつ試してみる価値は、ありますね――」

いまこのとき、イヴの中で『企《たく》みの構図』が生まれたようだな。

おれは懐中時計で時間をチェック。そろそろ迎えが来る頃か。その前に、ひとつ謎を解いてもらおう。

「イヴ、企《たく》んでいるところ悪いがね。ひとつ種明かしを頼むよ。〈赤い家〉の地下には、いったい何があるんだ？」

ルガスは『〈赤い家〉の地下』というフレーズに、異常に反応していたからな。

イヴはきょとんとして、

「お教えしていませんでしたか？　ルガスお兄様の隠し財産ですよ」

「隠し財産だって？　〈ウォッチメイカー〉からの報告に、そんなものはなかったが。どこからそんな結論が出てきた？」

「〈ウォッチメイカー〉からいただいた情報からですよ」

〈ウォッチメイカー〉のアナリストが見落としていた、ということか？

「説明してくれるか？」

「では、こちらを見てください──」

コンパクト化粧鏡型の端末装置を取り出し、イヴは手招きする。

おれはイヴの後ろに回って、一緒に小さな画面をのぞき込んだ。

イヴからは柑橘《かんきつ》系の良《い》い香りがする。画面には兵器輸出データが表示されていた。イヴの白いうなじが、蜂蜜色の髪の隙間から見える……集中しよう。

「よろしいですか？」

「うん頼む」

「はい。ロアノークはヴォルヌに継ぐ兵器輸出国です。買い手は、属国または安全保障上のパートナー国に限られています。つまり同盟国ですね。

注目していただきたいのは、ここ数年の兵器輸出の内容です。複数の買い手国の総購入費と、実際に輸出した兵器量の計算があいません。兵器量のほうが不自然に多いのです。よく〈ウォッチメイカー〉は調べましたねぇ。

ところで兵器輸出に使用されている貨物船は、ルガスが所有する船会社のものですね。輸送はロアノークのため格安で行っているようで、王子の鑑《かがみ》です。

続いてこちらにご注目ください。『世界最大の人道被害』とも言われている、ドルザ国での泥沼の内戦です。

ドルザ国内では、リ派とユ派による宗教戦争が行われているわけですが――珍しいことに、ヴォルヌもロアノークも関わっていない内戦です」

「ふむ。両国は代理戦争をすることで、正面衝突を避けて来たからな。しかしドルザ国にだけは関わっていない。ヘタに関わると火傷《やけど》する内戦だから、放っておいているというところだ」

「はい、両国からの兵器輸出もいっさい行われていませんね。

ですが見てください。ドルザの内戦が停滞期に入り、しばらくすると唐突に激しい戦いが起こります。まるで双方とも、新たな兵器を手に入れたようではないですか。しかし供給元はどこでしょう？

実は、ドルザの内戦が激しくなる直前には、毎回ルガスの貨物船で兵器輸出が行われているのです」

きな臭い話になってきたな。

「整理するぞ。まずルガスは同盟国への販売分よりも、多くの兵器を運んでいる。これは購入額と運搬する兵器量との差から明らかだ。

そして余った兵器は——ドルザ国へと渡っていると？」

「ルガスは弱冠18歳でありながら、各地で経営手腕を発揮していますからね。同盟国内にある子会社や孫会社を複数経由することで、売り手を隠してドルザ国と取引するのも容易でしょう」

「リ派と、ユ派。ルガスがどちらか片方に売っているとして、もう一方には誰が――いや、まさか。ルガスは双方に兵器を販売しているのか」

「双方の軍勢が力を付けるタイミングが同じなので、おそらくは」

「ドルザへ売るための余剰兵器が生まれる絡繰《からく》りは、どういうことだ？」

「ロアノークの軍事会社と、裏取引を結んでいるのでしょうね。軍事会社はもちろん民営ですからね。ロアノーク政府や〈まだら雲〉は、輸出した兵器に余剰が生まれていることに気づいていないのでしょう」

ありえる話だ。外国の諜報《ちょうほう》機関のほうが、細部まで目が行き届くものだからな。

「ルガスは仕入れ値がかからない兵器を、売りさばいているわけか。輸送費や関係各所への賄賂の分を差し引いても、濡《ぬ》れ手《て》で粟《あわ》だな。税金も取られないし」

当然ながら、王族だからといって国庫金に手を付けられるわけではない。だから個人財産を増やしたくなるのは自然ではある。ルガスの場合、やり方があくどいが。

「これを証拠にルガスを脅せるか？」

「正面からは無理でしょうね。動かぬ証拠ではありませんし。そもそも〈ウォッチメイカー〉からの情報は、証拠として出せません」

「ルガスが隠し財産を得ているのは分かったが、なぜ〈赤い家〉の地下にあるんだ？」

「隠し財産ですから、手元に置いておきたいはずです。口座では凍結される恐れがありますからね。わたくしが思うに、インゴット（金塊）にしていることでしょう。

極端な話。ロアノークが滅んでも、隠し財産のインゴットさえ中立国へ運べれば、ルガスは安泰ですからね。ロアノークの貨幣では、国家が滅んだら暴落して紙切れ同然ですし」

一国の王子が、母国が滅びることまで考慮に入れるものなのか？　ルガスならば有りえるというわけか。

「なるほど。【王位選争】中、ルガスは学園敷地《しきち》内の私邸から動けない。しかし、さすがに学園内では注意を引くから、違法な財産の隠し場所には向かない。

だから学園から最も近くに所有している不動産――〈赤い家〉に隠したはずだと。だが地下に埋めたわけではあるまい」

「地下金庫室ですよ。〈赤い家〉建築時、〈ウォッチメイカー〉の諜報《ちょうほう》員が、運び込まれた資材などを記録しています。丁寧な仕事で尊敬してしまいますね。

さて、こちらを見てください。地下には遊戯室を作るため、複数の遊具を運び入れています。ビリヤード台などと記載されていますが。販売元の親会社はセキュリティ会社です」

「名目上はビリヤード台などに偽装して、金庫室のパーツを地下へ運び入れたわけか」

〈ウォッチメイカー〉の目を欺くためではなく、〈まだら雲〉の目を欺くために。地下金庫室を作ったと知れたら、何を保管するのかと興味を持たれるからな。

「インゴット自体は、どうやって運び込んだのかな？」

「頭を悩ます問題ではありませんよ。信用できる配下の者に運び込ませたのでしょう。持ち運べる量に、小分けにして」

イヴが端末の電源を切る。画面を見ている必要がなくなったので、おれはイヴから離れた。名残惜しいが……何を考えているんだ、おれは。

「イヴ。君は『〈赤い家〉の地下』というフレーズだけで、ルガスに〈地下金庫室にある隠し財産のことだろうか？〉と考えさせた。だがそれだけで、ルガスに焦《あせ》る必要があるのか？」

「あります。わたくしの身分が重要なのです。ルガスは、頭が良すぎますからね。それが命取りに――あら、お迎えが来ましたね」

玄関に出ると、馬車が停《と》まっていた。ひづめの音が聞こえてきたときは、まさかと思ったが。

イヴと隣り合って座り、ルガスの私邸へと向かう。

そこらはルガス邸以外にもサラやディーンなど、上位の王子王女の私邸がある一帯だ。そのため学園の敷地《しきち》内でありながら、高級住宅街に迷い込んだように感じる。

馬車に揺られながら、おれは考えた。

イヴは、ルガスの隠し財産を盗むつもりではないか？　買収などの軍資金のために。

【王位選争】において、買収はそれなりに効果的な戦略ではある。ただ買収できる相手は限られてくるが。

ライバルの王子王女を、単純にカネで買うのは難しいだろう。

また他国民をいくら買収しても、彼らの意志で国籍を変えさせることはできないし。なら弾劾投票に持ち込ませ、弾劾票をカネで買うことはできるか？　これは可能性があるかな。だが、まず軍資金がなければ話にならない。

そこでルガスの隠し財産だ。

とはいえ地下金庫室から盗み出すのは至難だし、たとえ盗みに成功してもルガスに疑われることは必至。

イヴはわざわざ、ルガスに〔隠し財産を知っている？〕と臭わせるべきではなかった。〈ウォッチメイカー〉がもっと協力的なら、機密費として買収のための軍資金を要求できるのだがなぁ。

いや、それだとイヴのことを知る関係者も増えてしまうか。管理官は、極秘性を守るために軍資金は諦めろ、と言っているのだ。いや、単純にケチなだけかもしれないが。人員なら、同じ派閥から何人か貸してくれるそうだがね。

ルガス邸に到着。

執事が出迎え、まるで貴人のように手厚くもてなしてくれた。しかし応接室で待たされること10分、執事が申し訳なさそうな顔で戻ってきた。その様子から察しはつく。

「まことに申し訳ございません。殿下に急な差し支えができまして、ご夕食会は後日改めてご招待したいとのことでございます」

帰りの馬車で、おれはイヴの様子をうかがう。

「狙い通りとはいかなかったな」

イヴはつまらなさそうに言う。

「カイさん。せっかくですから、驚いてあげてくださいね」

「なんの話だ？」

コテージに戻ると、玄関扉のノブの位置がおかしい。侵入者発見のための、簡易細工のひとつが機能したようだ。

普段はノブを正常位置から、わざと数度ずれた位置にしている。それが正常位置に戻っているということは侵入者が有り――なるほど、そういうことか。

居間に入ると、ルガスがくつろいでいた。予想通りだが、イヴの注文に応えて驚く。

「王子殿下、なぜこちらに⁉」

「ちょっとした驚きを与えたく思ってね。いや、すまない。悪い癖が出てしまった」

これまで、おれとイヴが留守にしている間に三度は侵入を受けている。そのうち一度は、ルガスの手下によるものに違いない。イヴに興味を抱いているのだから当然か。もちろん、何ら不審なものは発見できなかっただろうが。

今回は家捜しが目的ではなく、ただ驚かせたかっただけか。またはイヴの考えもしなかったことを行い、主導権を握りたかったのか。

おれはお決まりの挨拶をしてから、念のため尋ねておく。

「お食事をご用意いたしましょうか？」

「いや、それには及ばないよ。気持ちだけ受け取っておく」

「承知いたしました」

ルガスは立ち上がり、イヴに歩み寄る。

「ようやく会えたね、イヴくん。これまで大変だっただろう？　すまないね。もっと早く君のことを知ることができていたら、すぐにでも奴隷の身分から救い出してあげられていたのだが。我が父は――残念なことだが、君のことを恥じているようだ」

「ルガスお兄様。ご安心ください。わたくしは、奴隷として育ってきたことを苦と思ったことはありません。それどころか感謝しているくらいです。

幼いころから、身ひとつで生きてきたのです。生き残るため知恵を働かせ、最善の手を打つ必要がありました。失敗は破滅を意味するのですから。

もちろん時には、運が味方したこともあります。

わたくしへ性的な悪戯《いたずら》を企《たくら》んでいた方は、実行する前に亡《な》くなられました。奥さんに刺殺されましてね。ぐさり、ぐさりと。憎しみで一杯でした」

イヴがその女の憎悪と殺意を煽ったことは間違いない。ひとの心を読んで、好き勝手に操る。

イヴの魔法。

「わたくしを悪辣な環境に置こうとした、貴族のご息女もいらっしゃいました。ところが彼女のお父様が王族への造反を企《たくら》んでおりましてね。その証拠がライバル貴族の手に渡ってしまったのです。結局、ご一族は破滅させられ、当のご息女はわたくしと同じ奴隷の身に堕《お》ちました。お可哀《かわい》そうに」

ライバル貴族に証拠を送ったのが、イヴだろう。

ただ運が味方したのも事実だな。イヴを敵視する令嬢の父親が、ちょうど造反を企《たくら》んでいたなんて。

いや、運が良すぎる。

そうか、証拠を捏造《ねつぞう》したのか。送り先がライバル貴族というのが、また徹底しているな。当局に送り付けても、捜査によって捏造《ねつぞう》が明らかになっただけだろう。

ライバル貴族だからこそ、証拠の真偽など関係なかった。相手を破滅させるための武器を手に入れられただけで、良かったのだ。

「このようにわたくしは試練から学び、成長し、生き残る能力を獲得していったのです。王族としてぬくぬくと生きてきては、一生得られなかった能力なのです。ですから、わたくしは心から言うのです。

あぁ、奴隷として生まれて良かったと」

おれはイヴの話に惹《ひ》きこまれながらも、ルガスの表情をうかがう。癪《しゃく》だが、まったく感情は読めない。少なくとも、例の微笑《ほほえ》みは消《き》え失《う》せているが。

イヴが話し終えると、ルガスは彼女の手を握った。

「イヴくん。君は偉大な女性だ。僕は心から尊敬するよ」

まるで心からそう言っているようではないか。いやはや。この2人、まさしく兄妹《きょうだい》だな。

「ところでイヴくん。君は〈赤い家〉の件で、僕に何かを伝えたかったようだが？」

「はい。念のため、直接お話ししたほうがよろしいかと思いました。もちろん、すでに〈まだら雲〉のほうには報告しておりますので、お兄様のお耳にも入っていることでしょうが」

虚を突かれた様子だった。あからさまな表情を見せたのは、1秒にも満たなかったが。

ルガスは〈まだら雲〉から、何も聞いていない。なぜなら、イヴは〈まだら雲〉に何も報告していないからだ。報告するようなことなど、実際は何もないので。

「【王位選争】に参加するため、イヴくんは面接を受けているね。〈まだら雲〉には、そのとき知らせてくれたのだったね」

イヴが〈まだら雲〉に報告したとしたら、面接の時以外は考えられない。そう推理して、話を合わせてきたか。

とにかくルガスの反応から、次のことが分かる。

まずイヴの話を疑ってはいない。イヴが虚偽を述べても得はない、と読んだのだろう。よってルガスの結論は、〈まだら雲〉は、〈赤い家〉について情報を得ながら隠しているようだ〉となる。

ルガスには確かめる必要がある。〈まだら雲〉の狙いを。

もちろん、全てはイヴの作り話なのだ。ところが、『〈赤い家〉の地下』というフレーズがとんでもない信憑性《しんぴょう》を生み出している。

「イヴくん。〈まだら雲〉から話は聞いているが、君の口からも聞きたいね」

「はい、そのつもりでした」

ここでイヴは、さらにとんでもないことを言いだす。

「わたくしがまだ、ただの奴隷でしかなかったころ。3か月ほど前です。わたくしはご主人様の御用命で、日常品を購入するため外出していました。奴隷戸籍の者も主のためでしたら、金銭を所持することができますので」

『ご主人様』とは、実際にはイヴの下僕に成り下がった商会の社長のこと。

「途上で、ある男性から声をかけられました。はじめは道でもお尋ねかと思いましたが、驚くことにわたくしの名をご存じでして。はい、わたくしの名を口にされたのです。

ちぐはぐな方でしたね」

何かを思い出したようにして、くすっと笑うイヴ。

「ご主人様が召されるような、高級なスーツを着ていらっしゃる。ただサイズはあっていない。

しかも履いている革靴はボロボロなのです。そして、わたくしを凝視しながら熱っぽく言うのです。『我々の救世主となりえる少女——近くにお迎えにあがる』と」

200パーセント、イヴの作り話。そうと分かっているのに、妙な迫真性がある。嘘《うそ》をつく天才。まるで自分で自分の記憶を改ざんしたような、完璧さ。

今やルガスは、すっかりイヴの話に夢中だ。

「他にその男は、何か言っていなかったかな？」

イヴは無垢《むく》な瞳で答える。

「はい。彼は、『私はナーダから来た』と」

ルガスは衝撃を受けた様子だった。だからといって、分かりやすく口をぽかんと開けるような男ではない。ポーカーフェイスの達人に、一瞬だけ亀裂が走ったのだ。

「ナーダから来た男……ああ、そうだろうね」

ここでルガスの思考を追ってみよう。

（——イヴに声をかけた男の身分は、何か？　サイズのあわない高級スーツを着て、靴はボロボロだったという。真の身分は、足元が示している。ボロ靴をはいて、盗んだ高級スーツ（ゆえにサイズがあっていない）を着た男。

本来の身分は、奴隷なのではないか？

そんな男が、『私はナーダから来た』と言った。奴隷身分を隠そうとしている男が、なぜナーダを口にするのか。メッセージ以外には、ありえない。

男がイヴに接触したという3か月前、何があったか?

【王位選争】の準備段階で、イヴという奴隷王女の存在が発覚したころではないか。まだ〈まだら雲〉は、イヴに接触こそしてはいなかったが。

その情報が、どこからか漏れたのだとしたら？　奴隷たちにとって、イヴは特別な少女。王の血を引く奴隷なのだから──奴隷と王族に属する、唯一無二の存在。

ゆえに〈ナーダから来た男〉はイヴのことを、『我々の救世主となりえる少女』と言ったのだ。そして『お迎えにあがる』とも。男は代弁したのではないか、自身が属する組織の。

こういうことだ。奴隷の反乱組織が復活している──〈ナ、ー、ダ、〉の復活だ〉

間違いない。ルガスはこのように推論したことだろう。

仮にイヴが、『奴隷の反乱組織が復活し、代表者から接触がありました』と言ったらどうだったか？　ルガスはこの発言を疑ったはず。

ところがイヴは、ヒントだけを与えた。ルガス自身の脳内で、『謎解き』をさせた。自らつかみ取った真実を、人は容易《たやす》く信じてしまう。

実際は、真っ赤な嘘《うそ》だとしても。そうとは気づけない。

「それでイヴくん。その男とは──？」

「それ以来、お会いしていません」

「〈ナーダから来た男〉と〈赤い家〉には、何の関わりがあるのかな?」

恥ずかしそうに頬を赤らめるイヴ。

「ロアノークでは『好奇心は奴隷を殺す』と言いますが——わたくしはまだ生きのびております、幸運なことに。実は、ナーダから来たという方がどうしても気になりまして、しばし尾行してみたのです。

その方は公衆電話で、どこかに電話をかけました。わたくしは近くの電柱に隠れて、聞き耳を立ててみたのです。風にのって届いてきたのは、2つのフレーズ。〈赤い家〉、そして『掘り進めている』——。

その後、わたくしは【王位選争】に参加することに。そのとき初めて、知りました。ルガスお兄様の邸宅のひとつが、〈赤い家〉ということを。それで〈まだら雲〉に報告した次第です。身《み》許《もと》不明の方が、〈赤い家〉を口にしていたと。ただ何を掘り進めているのかは、想像もつきませんが」

ルガスは瞬時に『謎解き』を終えたことだろう。

〈——掘り進めているのは、地下トンネルに違いない。目的地は、〈赤い家〉の地下金庫室。そこに眠っている、僕の隠し財産を狙っているのだ〉と。

ここでルガスに最大の謎が生まれたはずだ。

〈なぜ、〈まだら雲〉は黙っているのか?〉

　だが表情にはあらわさない。ポーカーフェイスの達人。

「ありがとう、イヴくん。もちろん〈まだら雲〉から知らせは受けていたが。やはり君自身の口から聞けるのが一番だからね」

「お役に立てて光栄です、ルガスお兄様」

　ルガスはイヴと固い握手をかわし、おれにうなずきかけてから立ち去った。

　イヴと二人きりになったが、まだ油断はできない。盗聴器の類が仕掛けられていないことを確かめて、やっと肩の力を抜ける。

「ルガスの脳内は、〈なぜ〈まだら雲〉は〈赤い家〉の件を隠しているのか？〉という疑問で一杯だろうな」

「いいえ、カイさん。ルガスお兄様は賢いお方です。すでにそちらの謎も解かれていますよ」

「謎は解かれている？」

「では、ルガスと同じように推理してみましょうね。

〔――〈まだら雲〉は、なぜ〈赤い家〉の件を隠しているのか？　そもそもなぜ〈ナーダから来た男〉は、隠し財産のことを知っていたのか？　いくら反乱組織が復活したとはいえ、奴隷たちが知りえるはずがない情報なのに。

　しかし、〈まだら雲〉ならばどうだろう？　〈まだら雲〉は何らかの方法で、〈赤い家〉の地下金庫室に隠し財産が眠っていると知った。この財産を非公式に全額没収できたならば、どれほど〈まだら雲〉の活動資金が潤うことだろう。

だが相手は、王族だ。それも第一王子。ヘタなことはできない」

ここでルガスは、〈まだら雲〉の側に立って、思考を進めていきます。こうです。

「隠し財産を奪うため、使い捨てられる組織を利用することにしてはどうか。復活したことが確認されたばかりの、奴隷組織〈ナーダ〉を。

〈ナーダ〉には、〈まだら雲〉からとは悟られずに、〈赤い家〉の情報を流す。必ずや隠し財産を盗み出そうとするだろう。反乱活動の軍資金にできると同時に、第一王子に打撃をも与えられるのだから。〈まだら雲〉としては、あとは見守っているだけで良《い》い。

〈ナーダ〉が成功した暁には、アジトに特殊部隊を送り込んで皆殺し。隠し財産を横取りする。たとえ失敗したとしても、〈まだら雲〉に害が及ぶことはない。

唯一の手違いは、イヴが〈ナーダ〉の構成員から〈赤い家〉のことを聞いていたこと。不幸中の幸いは、それを〈まだら雲〉に報告してきたことだ。ならば対処は容易《たやす》い。この情報を握りつぶせばよいのだ――」

――と、このような感じですね」

おれは腕組みしてうなった。

「復活の〈ナーダ〉を利用するとは、〈まだら雲〉も頭がいい……」

つい感心してから、ハッとする。

「いや、まてまて。これはぜんぶ、君の真っ赤な嘘《うそ》じゃないか。〈ナーダ〉は復活なんてしていない。この件を、ルガスが〈まだら雲〉に問いただしたらどうなる？」

「〈ナーダ〉は復活などしていない、と返答されるでしょうね。それが真実ですので。ですがルガスの立場からしたら、どうです？　余計に隠し立てされているように思えるのでは？」

「まぁ確かに」

非合法な組織が存在しないと証明するのは、けっこう難しい。悪魔の証明と同じだな。

「まてよ。ルガスは、『〈ナーダ〉復活をイヴの話から推論したのだ』と言うだろう。すると〈まだら雲〉は、『すべて奴隷の戯言《たわごと》です』で済ませてしまえるのでは？」

イヴは楽しそうにくすっと笑い、

「ところがルガスは、『〈ナーダ〉復活をイヴの話から〜』とは明かさないのですよ。なぜなら〈まだら雲〉に、『奴隷の戯言です』と済ませられてしまうからです。

そうなのです。わたくしから聞いたと真実を述べると、逆に〈まだら雲〉を追及し辛《づら》くなるのです。ですからルガスは、あえて情報源を隠すことでしょう。たとえば、『信頼のおける部下が〈ナーダ〉復活の情報を摑《つか》んできた』などと」

おれはうめいた。

「そこまで計算済みだったのか」

「本当に面白いのは、ここからですよ。〈まだら雲〉としては、ルガスがしつこく〈ナーダ〉

復活を主張するのです。念のため、防諜《ぼうちょう》機関〈ゴールデンアイ〉に問い合わせることでしょう。

〈ゴールデンアイ〉は当然、『〈ナーダ〉の復活はありえない』と回答する。ところがその情報源を聞いたとき、おや？　と思うでしょう。あのルガスが、自信満々に〈ナーダ〉復活を口にしているのですから。

〈ゴールデンアイ〉はこう自問せざるをえない。〈ナーダ〉復活は、真実なのではないか？　またも出し抜かれたのでは？　新たな〈ナーダ〉は深くに潜っているため、我々の監視網にも引っかからなかったのでは？　と。

こうして皆さんは〈ナーダ〉の影を追い始めるのです。復活してなどいない、真の意味で影の組織〈ナーダ〉を」

なんとね。

イヴは断片的な情報を繋《つな》ぎ合《あ》わせ、〈赤い家〉の隠し財産を見抜いた。その情報を使って、こんどはルガスを操り、〈ナーダ〉の復活を演出してしまった。

「だが、何のために？」

もちろん、イヴには計画があったのだ。

悪魔のような計画が。

4

——ロアノーク王立銀行・頭取マテオ——


首都サウザンドにある王立銀行。

頭取であるマテオの方針は、ただ一つ。この地位は、是が非でも守らねばならない。

真夜中にルガス王子からの電話で叩《たた》き起《お》こされても、笑顔で応対するのはそのためだ。

ルガスの要求はこうだった。

これから『荷』を輸送するので、しばらくのあいだ預かっておいて欲しい、と。

当然ながらマテオは『荷』について尋ねた。

ルガスは朗らかな口調で、

「とてもスペースを取るものだよ。そして僕にとって大事なものだから、部外者に知られるのは困る。分かるかい？　僕は困惑しているときは、自分でも驚くくらい残酷になってしまう。

嫌な癖だなぁ。

あぁ、ところでマテオ君。こんど第二子が産まれるそうじゃないか。覚えておいてくれ。僕は君たち家族の幸せに貢献したいんだ」

翻訳すると、こうなる。

『荷については詮索するな、何も見るな、誰にも話すな。何者が問い合わせてきても、荷を預かったことは明かすな。僕を裏切ったら、貴様を破滅させる。途方もなく残酷な方法で、貴様の家族もろとも地獄に叩《たた》き落《お》とす。ただし言いつけ通りにしたならば、素晴らしい見返りを与えよう』

マテオの返答は限りなくシンプル。

「かしこまりました」

『荷』が運ばれてくるのは早かった。近くからの輸送らしい。たとえば〈赤い家〉からか？

マテオはかぶりを振る。

（詮索するな、バカが）

謎の『荷』は、木箱に入ってきた。ばかでかい木箱で、自販機でも入りそうだ。これが4箱もある。スペースを取るというのは、本当だった。

輸送してきた大型トラックには、運転手の他に武装した護衛が二人。

銀行のフォークリフトで、木箱を大型金庫室へと運び込む。運転手は作業を監督しながら、マテオに念押しするように言ってくる。

「ルガス殿下の大切なお品物だ。盗まれでもしたら、地獄を見るぞ」

マテオは内心で舌打ちする。言われるまでもない。

「承知しております」

4箱目を運ぶとき、事件が起きた。木箱の封が甘かったらしく、『荷』が一つ落ちたのだ。

1個のインゴット（金塊）が。

しかもインゴットには刻印がない。それだけで違法性がぷんぷんするではないか。マテオは慌てて目を逸《そ》らした。すると運転手と視線があう。

「お前は、何も見ていない」

「はて。何のお話でしょうか？」

運転手はニヤッと笑った。

運び入れが終了し、金庫室の扉を閉めてロックする。役目を無事に終えて、マテオは胸を撫《な》で下《お》ろした。

運転手と二人の護衛はトラックに乗り込み、マテオに挨拶することもなく走り去っていく。見送ってから、学園のルガス邸へ電話。今回もルガス本人が出たが、マテオはもう驚かない。あの刻印無しのインゴットを見てしまっては。

むろん『荷』の正体を見てしまったことなど、おくびにも出さない。触らぬ神に祟《たた》りなしだ。

「ルガス殿下、『荷』はお預かりいたしました。当行の威信をかけて、お守りいたします」

その後、銀行を閉めながら、ふしぎなことに気づいた。

（運転手の顔が思い出せんな。まるで印象に残らない顔だった）

5

ルガスとの会談から三日後、【王位選争】が動いた。

新たな展開を知らせてきたのは、ジェシカ。

「第五王子のコーディが、第三王子のクリストフに身売りしたよ」

同盟と同じく、身売りが起こっても正式な告知はない。ただし同盟と違うのが、一目で分かることだ。国民は、身売り先のエンブレムに付け替えるからな。

「というか、身売り同然の同盟だね」

同盟と身売りは、【王位選争】において根本から違うものだ。それを一緒くたにするとは、ジェシカの大らかな性格には呆《あき》れるが。

そんな感情を表に出したつもりはないが、ジェシカはおれの顔を見てにやにやと笑った。

「キミは、あたしのテキトーな性格にあきれ果てているようだね」

「滅相もございません」

「コーディにとっては、クリストフと同盟を結ぶことは隷属宣言に等しいわけ。ゆえに身売りも同然。連中と長らく姉弟《きょうだい》をやっている、このあたしの意見を信じなよ」

いまは生物の授業中で、おれたちは実験室にいた。

　イヴはといえば、バリーで遊んでいる。バリーを椅子に座らせて、目隠しを装着。その上でバリーの左手首を、ペンの先端で撫《な》でた。

「あ、バリーさん。いまカッターナイフで、バリーさんの左手首を切ってしまいました」

「えぇぇぇ！　イヴちゃん、それヤバいじゃないの！」

　つづいてイヴは、近くにある蛇口を開けて水を出す。けっこうな勢いで水が流れて、洗面器を叩《たた》く音が響く。

「聞こえますか、バリーさん。あなたの血が流れ落ちる音が。ちなみに全血液量の約20％が失われると出血性ショックに陥り、30％以上の出血になると、天国が近づいてきます。さて、いまバリーさんの総出血量はどれくらいですかね？」

「あぁぁぁぁあ、オレはもうダメだぁぁぁ、イヴちゃぁぁん、オレの遺言を聞いてくれぇぇ！」

　どうやら目隠しされたバリーには、ただの水音が、手首から流れ落ちる血液の音に聞こえているようだ。で、ついに気絶した。思い込みの力とは恐ろしいものだなぁ。

　飽きたらしい。蛇口を閉めると、イヴがこちらに歩いてくる。

「【王位選争】が始まる前から、王子王女内にパワーバランスが構築されているのは、意外ではありません」

「だがイヴ、【王位選争】では国力の偏りこそあるが、他の要素では平等のはずだろ」

「【王位選争】が開始したからといって、これまでの積み重ねがリセットされるものではありませんよ。ジェシカお姉さま、クリストフお兄様とコーディお兄様の関係性とは？」

「ご主人様と家来だね」

ジェシカの話では、まず第三王子クリストフを一言で述べるのならば、イジメっ子。そんなクリストフにとって、第五王子コーディは格好の標的だそうだ。

たとえば第六王子アレクには、『最強の王盤プレイヤー』という肩書きがある。アレクにとって、この肩書きはいわば自身を守る鎧《よろい》がわり。クリストフも、ひとかどの末弟をイジメる気にはならない。

一方コーディには、これという強みがない。というより王子王女の中で、最も愚鈍（ジェシカ評）。イジメっ子には涎《よだれ》が出る獲物だろう。

笑えるのは、〈ウォッチメイカー〉が寄こした〈人物評〉かね。なんとクリストフとコーディを、『とても仲の良《い》い兄弟』と評価しているのだから。部外者のアナリストからは、そういう関係に見えたらしい。

「しかし疑問が残る。コーディがクリストフの言いなりなら、同盟ではなく身売りを強制すれば良かったのでは？」

「バッカだなぁ、エルバード君。身売りさせたら、コーディはこの学園を去ることになるじゃん。イジメる相手がいなくなったら、クリストフは張り合いがなくなっちゃう」

そんな程度の低い奴《やつ》が、【王位選争】に参加しているとは……。しかも、単独の国力では第

5位。

「ジェシカ殿下。ご教授いただきまして、感謝いたします。もう一点、お尋ねしたいのですが」

「構わないよー」

「殿下、クリストフの支持基盤についてですが、出生順だけが決め手ではございませんね？」

「ふふん。分かるよ。いくら出生順がモノをいうからって、クリストフのような雑魚《ざこ》に112人の国力は多すぎ、というのだね。その謎を解くのは——軍事会社オメガ」

そうだった。クリストフの母方の一族が経営しているのが、国内最大手の軍事会社オメガ。支持基盤を強固にするには、もってこいのカードだ。

またオメガは、ルガスが隠し財産を作るため裏取引していた軍事会社でもある。とはいえ【王位選争】には影響はないか。仮にクリストフが裏取引を知っていたとしても、それでルガスを脅す度胸はあるまい。

ジェシカはテーブルに腰かけて、蝗《いなご》をカッターナイフで切り刻みはじめた。蝗《いなご》に恨みがあるのではなくて、蝗《いなご》の精巣《せいそう》を取り出し減数分裂の観察をするため。

「問題は、なぜクリストフはこのタイミングで、コーディと同盟を結んだのかだけど。あたしたちの素敵な同盟に反応したのだろうね」

今朝まで、イヴ・ジェシカ同盟による国力は158人（イヴ32人＋ジェシカ126人）。対するクリストフの単独国力が112人だった。

イヴ・ジェシカ同盟が46人差でリードしていたわけだ。

そこに同盟によって、コーディの国民数49人が追加される。立場は逆転。クリストフ・コーディ同盟の総合国力が161人となり、イヴ・ジェシカ同盟を上回ることになる。わずか3人差ながらも。

「ジェシカお姉さま。おおむね計画通りですか？」

ジェシカは試すような眼差《まなざ》しを、イヴに向ける。

「ふーん。クリストフに国力で追い抜かれたことが、あたしの計画通りなのかな？」

自分の蝗《いなご》を窓から逃がしてから、イヴは答えた。

「はい。お姉さまはわたくしと同盟を結ばれました。これが何を意味するのか？　お姉さまへの《挑戦》が起こらなくなったということです。たとえ国力差が僅差だとしても」

「ふむふむ。国力の低い側は、こう考えるわけだね。〔イヴ・ジェシカ同盟に《挑戦》しても、勝ち目はない。なぜならばイヴが盟主として〈王盤〉を選択するからだ〕と。アレクを負かしたキミに、誰が勝てるというのだろうね？」

「クリストフもそのように考えられたことでしょう。ですから、何としても我々より国民数を増やす必要があった。しかも大きな差ではなく、僅差に留《とど》める必要が」

「あたし達《たち》が《挑戦》しやすいように、だね？」

「はい。国力3人差ならば、それは誤差の範囲内。〈戦争〉においての軍事力の差は、ほとんど無いといっても良いでしょう」

「《挑戦》されれば、クリストフは〈戦争〉一択というわけだね。他の《決闘》種目を選ぶことはないと」

イヴの視線が天井に向けられてから、ジェシカへと戻る。

「裏をかくならば№21〈航海《ニューワールド》〉という手もあるでしょうが――そもそも裏をかく必要がありません。何よりクリストフにとって、〈戦争〉は得意科目のはずです」

「軍事会社に通じている以上、軍事戦略についても精通しているだろうと？　うん、まさしくその通りだよ。あたしさ、アイツと戦略シミュレーションで何度か戦ったことがあるけど、勝ったためしはなかったなぁ」

戦略シミュレーションということは、〈戦争〉の予行演習的なゲームを行っていたのか。

「しかしながら、これがお姉さまの望まれた展開なのでしょう？　クリストフに《挑戦》し、〈戦争〉に持ち込むことが。何か秘策がおありなのですね？」

ジェシカは自分が舐《な》めていた棒付きキャンディを、イヴの口の中に押し込む。間接的なる唾液交換。なんてことをしてくれているんだ、お前は。

「あたしはね、【王位選争】をシミュレーションしてみた。ここでクリストフを〈戦争〉で倒せば、どんな好影響が出るだろうかと。もちろん、イヴ・ジェシカ同盟の総国民数が３１９人になる。でも、それだけじゃぁない。

あのクリストフを〈戦争〉で負かしたという、大きな実績が残る。その上で、サラ姉さんに《挑戦》したらどうなるかな？

現在、サラの国力は422人。こっちがクリストフ・コーディ同盟の国民を総取りにしても、まだ国力差は103人もある。サラと〈戦争〉となれば、103人分の軍事力の差が響いてくる。かなり厳しい戦いになるよねぇ。

だけど、当のサラが〈戦争〉を回避する可能性が出てくる。〔軍事戦略に特化したクリストフに勝った相手と、わざわざ〈戦争〉で事を構えるべきだろうか？〕と。

そして〈戦争〉以外ならば——国力差は問題ではなくなる。少なくとも〈戦争〉ほどに大きな影響が出ることはなくなる」

イヴは自分の口からキャンディを抜いて、ジェシカの口に戻した。

「分かりました。あえてリスクを冒してでも、いまクリストフと〈戦争〉したいのですね」

「だけど無謀というわけではないよ。勝算が充分にある賭け。なぜなら、あたしにはキミがいるからだよ、イヴ」

不安そうな表情になるイヴ。最近気づいたのだが、イヴは必要な感情を作り出している。だから演技の域を越えてくる。

「お姉さまのご期待に応えられるでしょうか。先読みするという意味では王盤と似ている軍事戦略ではありますが——どこまでやれるか自信がありません」

「心配しなくていいよ。あたしが戦略を主導するから。ただあたしだけでは、クリストフには勝てない。

　クリストフは、あたしの戦略の癖を知り抜いているからね。けどキミのことは知らない。どこまでも未知数。キミのアイディアが、戦略に意外性を生んでくれるわけ」

　一瞬だが、イヴの脳内を何かが駆け巡った。当然だが表情には出していない。守護者として付き合いも長くなってきたので、何となく分かっただけで。

　穏やかな微笑を浮かべて、イヴは答える。

「同盟を組んでいる場合、盟主が〈戦争〉の総指揮官でしたね。いまのままでは、わたくしが総指揮官となってしまいます。お姉さま、盟主をされますか？」

　ジェシカは熟慮する様子で、テーブルの縁を指で叩《たた》く。しかし答えは初めから出ていたのではないか？　たんに考えているフリをしているだけなのでは？

「ううん、このままでいこう。実際の指揮はあたしが執るけれど、ここぞというときにはキミが総指揮官として全軍に指令を出す。そうすればクリストフは混乱するはず。敵軍には総指揮官が二人もいるぞ、と」

「分かりました、お姉さま。ですが《挑戦》するときは、同行してくださいますね？」

「もちろんだよ、イヴ」

「では、いつ《挑戦》されますか？」

☆☆☆

学園の昼食は、ビュッフェ形式。

大食堂には滋味豊かな豪華食事が並んでいる。

ジェシカは軽やかな足取りで大食堂内に入ると、食事の中から骨付き鶏肉《とりにく》を取って、齧《かじ》った。

そのまま歩みの勢い殺さず、国民が食事中の長テーブルに飛び乗る。他国民たちが仰天して席を立つ中、ジェシカは意に介さず歩いていく。

おれとイヴは慌てて追いかけた。こっちはテーブルの上には乗らずに。

このあたりはクリストフの国民が陣取っている。よって長テーブルの上座である終端にいるのが、第三王子クリストフだ。

クリストフは座ったまま、軽蔑の眼差《まなざ》しをジェシカへと向ける。

「なんだ育ちの悪い雌犬か」

この男、王族の悪いイメージを凝縮したような容姿だ。こずるそうな小さい目をどんよりと光らせている。

ジェシカは両膝を曲げて、目線を下げた。それでも見下ろすわけだが。

「お久しぶりだねぇ、クリストフ。キミが望んだように、《挑戦》してあげようじゃないか。どう嬉《うれ》しい？」

「お前のような王族の面汚《つらよご》しが、よく生きていけるもんだなぁ。恥知らずは母親譲りということかよ。ぼくが知らないとでも思っているのか？　お前の死んだ母親は、もとは六等の底辺貴族だった。それがお父様に気に入られ、第四正室に召された。おかげでレイクロウトは特例により、一等貴族の爵位を与えられたというじゃないか。非純血の濁った血が。よほどアレがうまかったんだろうな」

　そこからのジェシカの動きは、肉食獣のように速かった。

テーブルからフォークを取り上げるなり、クリストフの右眼球《みぎがんきゅう》へと突き付ける。やろうと思えば、眼球を貫くこともできただろう。そのかわり数ミリのところで止めたまま、ピクリとも動かさない。

　電光石火の速度に、クリストフは目蓋《まぶた》を閉じる間もなかった。いまや恐怖の眼差《まなざ》しで、数ミリ先のフォークの先端を凝視するのみ。

　ジェシカは親切そうな口調で言う。

「吹き出物みたいな顔をしちゃって、口だけはよく動くものだよねぇ。ただお願いだから、もうしゃべらないでくれるかな？　キミの酷《ひど》い口臭は、毒ガス攻撃に等しいのだからさぁ。だいたい女の武器を使ってのし上がったというのなら、母上は偉大なるお方だったという話になるじゃないか。

あー、それと何だっけ？　あたしが王族の面汚《つらよご》し？　いい加減、ロアノーク国内でのあたしの人気を直視しなよ。あのサラ姉さんと二分しているくらいだ。あたしのように王族を気取らないと、下々の共感を得やすいんだよねぇ。

ところでクリストフ、キミの人気はどれほどだっけ？　キミのような豚王子はさぁ？　ブヒブヒ。いやいや、それは豚さんに失礼だ。豚さんは清潔という話だからね。ところがキミは、風下に立てば50メートル離れていても、その悪臭が漂ってくるほどに不潔なんだから」

ようやく気付いた。クリストフはジェシカを恐れている。眼球にフォークを突き付けられる、ずっと以前から。

いじめっ子にとっての天敵とは、より強いいじめっ子というわけか。

クリストフも頭の片隅で、自分が第二王女を怖がっている、と自覚しているのだろう。それが許せないからこそ、より攻撃的にならざるをえない。無駄な抵抗だしても。

ジェシカの指が、フォークをはなした。食器に落ちたさいの金属音で、クリストフがすくみ上る。それを眺めながら、ジェシカは嘲笑《あざわら》う。

どうにか尊大さを取り戻したクリストフが、反撃に出た。

「ぼくの手で、お前を王族から追放できると思うと、神に感謝したくなるね。お前がなぜ王族にふさわしくないか教えてやろうか？　ナーダ事件のとき、お前はどうせ奴隷どもになぶられたんだろうが？　本当に汚らしいのはお前の体だよなぁ、ジェシカ！」

ふいにジェシカから表情が消え、能面のようになった。痛いところを突いてやったつもりか、クリストフは得意満面だ。

おれは気配を消して、ジェシカの背後に近づく。クリストフを殺しそうになったら、事前に止められるように。

だが杞憂《きゆう》だったようで、ジェシカは穏やかともいえる口調で言う。

「念のため言っておくけど、うちの盟主──つまり総指揮官は、あたしの可愛《かわい》い妹であるイヴだからね」

初めて認識したという様子で、クリストフがイヴを見やる。

イヴは満点の笑みでお辞儀して、

「はじめまして、クリストフお兄様」

クリストフは嘲笑した。

「ジェシカ。奴隷を総指揮官に担《かつ》ぎ上《あ》げるとは、いまのうちに敗北したさいの言い訳作りかよ？」

クリストフの反応は、ジェシカの満足するものだろう。侮《あなど》ってくれれば、それだけ裏をかきやすい。イヴを総指揮官にした狙いは、ひとまずクリアというところか。

これで話は終わる──はずだったが、知らぬ間に新たな王族が現れていた。

コーディだ。ひょろりとした体をしていて、前髪が目にかかっている。ある意味で、諜報《ちょうほう》員向きの男かもな。影が薄すぎて、誰も注意を向けないのだから。

「ク、クリストフ兄さん。さ、さっきのはジェシカ姉さんに、し、失礼じゃないか」

勇気を振り絞って言ったようだ。善良さと弱さがあわさると、食い物にされる被害者となる。

「うるせぇよ、ボケが！」

席から立ったクリストフが、コーディを突き飛ばした。

「や、やめてくれよ、兄さん」

クリストフが誇張して、コーディの口調を真似《まね》る。

「や、ややややや、やめてくれよ兄さん。そりゃあつまり、蹴とばしてくれってことかよ？」

大袈裟《おおげさ》な動作で、コーディの腹を蹴とばし出す。コーディに付き従ってきた守護者が、気まずそうに視線をそらす。一方、クリストフの国民たちは空気を読んで、はやし立てだした。当然、クリストフはさらに調子に乗る。

ジェシカは興味をなくしたようで、踵《きびす》を返《かえ》して歩いていった。

「おれ達《たち》も行くか、イヴ。こんな胸糞《くそ》の悪いところに長居するものじゃない」

ふしぎそうにコーディを眺めていたイヴだが、おれを見やってうなずく。

「はい、カイさん」

☆☆☆

放課後。おれとイヴはジェシカとともに、運営委員会の本部に向かった。すでに到着していたのがクリストフとコーディ。

そして運営委員のもと正式に、イヴ・ジェシカ同盟からクリストフ・コーディ同盟への《挑戦》が行われた。こちらの盟主はイヴだ。

《挑戦》後、クリストフは想定通り〈戦争〉を選択。

〈戦争〉は〈王盤〉と違って、準備期間が不可欠。よって〈戦争〉決定日から五日後が、決戦日となる。

6

おれはイヴとコテージに戻り、まずは日課となった、盗聴器が仕掛けられていないかを確認。

それから隠し場所より専用アンテナを取り出して、イヴの化粧鏡型端末に接続した。

静止軌道上にある〈ウォッチメイカー〉の中継衛星から電波をキャッチ。とたん送信待機されていた情報データが、暗号化通信で送られてきた。

「イヴ。欲しがっていたジェシカの『空白の8日間』と、ナーダ事件の詳細情報だ」

端末を手に取ったイヴは、情報が表示された画面を食い入るように見はじめる。

さて、おれも一仕事するとしようか。ホットココアを淹《い》れてくるという、偉大なる仕事を。

湯気のたつマグカップを持って戻ると、イヴはおおかた読み終えていた。

「ありがとうございます、カイさん」

入手した情報ではなく、ホットココアへのお礼のようだ。とくにマシュマロを加えたのが好ポイントだったようで。

おれは端末を受け取り、まず管理官からの報告をチェックした。

「今回送信されてきた情報は、すべて当時にロアノーク政府の内通者から得たもののようだ。ただし手違いが起きて、長らく保管庫に埋もれていた。文字通り埃《ほこり》に埋もれていたファイルを管理官が発掘して、データ化して送ってくれたわけだな」

「良《い》い仕事をされますね、管理官さんは」

ココアのひげをぺろりと舐《な》めとるイヴ。

「とくに次の2点には助かりました。〈ナーダ〉に監禁されていたというジェシカお姉さまの供述書、それとナーダ事件の最中に起こった盗難事件の報告書です」

ジェシカの供述書なんかあったのか。それは極秘中の極秘だっただろう。当時の内通者というのは、かなり上層まで食い込んでいたのだな。

ところで盗難事件とはなんだろう。ナーダ事件の規模に比べると、軽犯罪すぎるようだが。端末内検索で見つけると、それはサウザンド宮殿内で行われた盗難だった。

発覚したのが1977年5月6日。

ナーダ事件が起き、ジェシカと母親が拉致されて4日目。

普段、王子王女の住まいは宮殿ではないが、各自の私室は用意されている。ナーダ事件の当時、ジェシカは一年間のほとんどを母方のレイクロウト邸で過ごしていたが、トータルで30日ほどは宮殿内の私室で寝泊まりしていた。

そのため私室には、ジェシカの私物が常時置かれてあった。盗難にあったのは、このジェシカの私物が数点だ。宮殿スタッフが5月5日の深夜、不審人物を目撃している。おそらく盗難犯だろう。

「『空白の8日間』とは、別件のように思えるが？」

ナーダ事件でのジェシカ拉致は、報道規制を敷かれたため、当時の国民が知ることはなかった。ただ政府関係者から情報が洩《も》れていた可能性はある。

その上で、ジェシカ王女が助からねば、私物の値段が跳ね上がると踏んでの盗みかもしれないな。王族マニアというのはいるし、ジェシカは市民に人気がある（クリストフとは大違い）。盗難犯は、いまだ捕まっていないようだが。

つづいて、おれはジェシカの供述書を読んだ。監禁されていた間の証言だ。かなりのページ数なので、重要なところを拾い上げていくと――

『……次に意識を取り戻したときは、どこかの建物の中だった。窓はなくて、ずっと裸電球が点《つ》いていたね。24時間ずっと。寝るときに困った。拘束？　されてなかったよ。ただ檻《おり》に入れられていただけ。そ、檻《おり》が並んでいて、あたしのとこ以外は無人だったね』

捜査機関は、ジェシカが保護された地点を中心として捜索。破産した民間刑務所の施設を見つけ、ジェシカが監禁されていた建物と特定した。

つまり、〈ナーダ〉のアジトの一つだ。中庭に放置されていたドラム缶から、半分溶かされたキャリー・レイクロウトの遺体が見つかっている。

『……あたしを拉致した奴《やつ》らの顔？　見てないよ。連中、みんな目出し帽をかぶっていたし……お母さんは別の建物に監禁されていたみたい。一度も見ていないし……

そういえば、廊下をはさんだ向かいの檻《おり》に、白い狼《おおかみ》が入れられていたんだよね。どこから連れてきたのかなって、不思議に思っていた……あたしはやることもなかったから、鉄格子《てつごうし》ごしに声をかけたりしていたよ。人懐《ひとなつ》こい狼《おおかみ》だったね。

だけど、あたしを拉致した奴《やつ》らが、よくイジメていたんだよね。弱い動物をイジメるとか、最低だよね。狼《おおかみ》はどんどん衰弱していって、最後には死んじゃった。あたしが脱走を決意したのは、その狼《おおかみ》が死んじゃったからだよ。あんなに美しい生き物が――ねぇ、彼女の亡骸《なきがら》は見つかったの？』

なかなかへヴィーな内容だな。

地獄のような状況に置かれながらも、ジェシカは自力で脱出している。こっそりと壁の煉瓦《れんが》を外して、潜《くぐ》り抜《ぬ》けられるスペースを作ったのだ。それが偶然にも、〈ナーダ〉の反乱が鎮圧された日だったわけか。

申し訳なく思えるのは、ジェシカが〈ナーダ〉に捕らわれる原因を作ったのが、〈ウォッチメイカー〉だということ。おれが属しているのとは別派閥だったとしても、〈ウォッチメイカー〉諜報《ちょうほう》員である以上、おれも無実とはいえない。

しかしこの供述、不可解な点があるな。

「そうか。この『白い狼《おおかみ》』というのは、ジェシカとともに捕らわれていた母親のことじゃないのか？

ふむ。やはり〈ウォッチメイカー〉のアナリストも、そのような評価を書き加えている。おそらくロアノーク側も、そう読み取ったことだろう。

まだ子供だったジェシカにとって、衰弱していく母親を見ているのは耐えられないことだった。だから自分を守るため、記憶を改ざんしたのだろうな」

もう一つ気になることがある。はたして、ジェシカは奴隷全般を憎んでいるのだろうか？〈ナーダ〉と無関係とはいえ、イヴが奴隷として生きてきたことは変わらないわけで。

「……なぁ、イヴ？」

ふと気づく。イヴはいま深い思考の海へと潜っていることに。エメラルドグリーンの瞳は、どこまでも透き通っている。いつまでも覗《のぞ》き込《こ》んでいたら、やがて己の輪郭が失われていきそうだ。

直感的に気づいた。

イヴはいま、すべてを見通している。

「……カイさん。人間にとって不変なものとは何でしょうか？　愛情も信念も思想も、すべては時の流れとともに形を変えていきます。それでも不変なものはあるのです」

視線がおれへと向けられた。

「お姉さまの狙いが読めましたよ。なかなか大胆なことをされます」

それからイヴは、ジェシカが仕掛けた謀略について語り出す。すべてを聞いたおれは、戸惑いとともに尋ねた。

「まてよ。そんなことをして、ジェシカに何か得があるのか？」

「お姉さまは賭けに出たのですよ。上手《うま》くすれば、わたくし達《たち》の首根っこを押さえ、同時に国民を総取りにできます」

イヴは何かを隠している。ジェシカについて、もっと重大なことを摑《つか》んだのではないか？

だが、おれに明かす気はないようだ。いまは、まだ。

「……ジェシカの謀略にどう対処する？　すでに決まった〈戦争〉は回避できない。決定した

《決闘》を中止にすることはできないからな」

組んだ足先をぶらぶらさせながら、イヴは楽しそうに語り出すのだ。

敵を出し抜き、勝利する方法を。

その離れ業を。

そしておれは改めて気づかされる。勝利するためのはかりごとを語るとき、彼女は最も美しく、生き生きとしており、なにより無垢《むく》だ。

おれはロクな死にかたをしない。諜報員《ちょうほう》の宿命のようなものだ。だがどんな惨《みじ》めな死にかたをしようとも、きっと最後に思い出すのは今のような時。

謀略を語るイヴと過ごした、なにものにも代えがたい瞬間なのだろう。

7

翌日。

おれは運営委員会の本部に向かい、〈戦争〉について詳細を確認した。大まかなルール説明では、細部に漏れが生じるからだ。

〈戦争〉が行われるのは、ロアノーク領海にあるガルという小島。南北約87キロ、東西約13 3キロ。そのうち約半分が森林面積で、残りは草原だ。丘陵はあるが、険しい山々はない。

一方、周囲は断崖絶壁であり、船の接岸は難しい。空路で向かうことになる。また断崖付近には洞窟が複数あるそうだ。

〈戦争〉を行う王子王女は国力から計算された軍事費を使い、自分の軍隊を事前に購入する。軍隊の構成は自由。軍のため購入できる武器はライフルから始まり、迫撃砲、地雷、はては戦車まである。

ただし航空戦力は購入できない。おそらく〈戦争〉が始まった当時は、まだ航空戦力がメインではなかったことの名残だろう。よって最強兵器は戦車となるな。

兵器の購入費には、必要な兵士も組み込まれている。たとえば乗員数4名の戦車には、兵士4人分の費用も含まれてあるわけだ。

〈戦争〉といっても、模擬戦。ライフル弾や砲弾などには、非殺傷の演習弾が使用される。

一方で、軍隊を構成する兵士は本物だ。〈戦争〉当日、ロアノーク国軍から必要な数の人員が輸送船で運ばれてくる。

購入された兵器などは、前日のうちに島に運び込まれてある。兵器の輸送や整備は国軍ではなく、運営委員会が下請けに出した会社が行う。

実は半世紀前、〈戦争〉に参加していた国軍が、誤って実弾を使うハプニングが起きた。一人の兵士が、個人的に実弾を持ち込んだらしい。

それ以来、【王位選争】では可能な限り、国軍が関わらないように配慮されている。〈戦争〉

用の兵器輸送に国軍が絡《から》まないのも、そういうわけだ。

身も蓋もなく言えば、〈まだら雲〉と軍部は古くから犬猿の仲ということ。

決戦日になると、王子王女は守護者のみ連れて、学園より空路で向かう。ガル島への到着時間は、兵士たちと同時刻となる。

なぜなら双方の王子王女が到着してから、きっかり30分後に『開戦』となるからだ。

王子王女は自軍の総指揮官となり、全責任を負う。

また同盟による軍隊の場合、盟主が総指揮官となる。

総指揮官は島に到着してすぐ、自軍に指示を出し配置につかせるのだ。

イヴ・ジェシカ同盟やクリストフ・コーディ同盟ならば、旅団規模の軍隊となるだろう。となると戦闘員数は1500〜6000人というところか。

勝利条件は、敵の総指揮官（王子王女）を行動不能にすること。捕虜にするか、または『殺害』する。もちろん殺害といっても、演習弾を撃ちこむという意味だが。

総指揮官が〈戦争〉に参加できなかった場合、棄権と見なされる。相手側の不戦勝だ。

これは全ての《決闘》に言えることだがね。ゲーム続行できなくなったら、棄権扱いとは。

ただし参加できなくなった総指揮官が盟主の場合は、同盟相手があとを引き継ぐ。

一度開戦が決まった〈戦争〉が中止になるのは、ロアノーク王国が有事に入ったときだけだ。

仮想敵国との全面戦争が起こるとか、国内で大災害が発生するとか。

さて——〈戦争〉のルールに問題はない。
イヴの離れ業を阻害する要因はない。

☆☆☆

その日の放課後。

おれとイヴは、ジェシカから学園内の私邸に招かれた。ルガス邸ほどではないが、こちらも豪華な邸宅。ただし執事は登場せず、ジェシカ自身が現れた。

「あたしたちの軍隊編成を決めるとしようか」

応接室に案内されると、メイドが紅茶と茶菓子を用意してくれた。編成会議のメンバーは、おれとイヴ、ジェシカと、その影の薄い守護者のみ。

主催者であるジェシカが、玉座のようなソファに腰かける。熱々の紅茶を飲み干す。猫舌のイヴが、賛嘆の眼差《まなざ》しを向けた。

「じゃ、はじめよっか」

おれは申し訳なさを口調に出して、

「あの、ジェシカ殿下。こちらの部屋、風通しが悪くありませんか？」

「あいにく空調が壊れてね。制服のジャケットでも脱げば——ま。あたしは、キミがパンツだけになっても構わないけどね」

「お気遣いに感謝いたします」

ジャケットだけ脱いだところ、タイミングを見計らったようにメイドが来て預かっていった。

気を取り直した様子で、ジェシカが再開する。

「まず大前提。国力から換算される軍事費だけど、単純に計算するなら『国民1人＝兵卒100人』となる。

ただもちろん、兵卒だけじゃ戦争はできない。下士官、さらに将校と階級が上がると、費用も高くなる。他にもライフルなどの武器、さらに戦車などの兵器の購入にも軍事費が使われるわけだね」

そこからはイヴとジェシカが中心となって、軍隊の編成を決めていく。

時おり、おれと向こうの守護者が疑問を発した。守護者というのは、探偵に対する助手役のようなものだ。王子王女という探偵は、疑問を提示されることで新たな発想のヒントを得る。

おおむね編成が固まったところで、ジェシカが言った。

「ひとつ提案があるんだけど、対戦車ヘリコプター中隊を購入しようと思うんだよね。かなり高くつくけど」

向こうの守護者が黙っているので、おれが訊《き》いた。

「お待ちください、殿下。〈戦争〉では、航空支援は存在しなかったはずでは？」

「それは『空軍固有の作戦はない』という意味。対戦車ヘリコプター中隊は陸軍の部隊だから、有り。ちょっとした抜け道だね。〈戦争〉では注文できる部隊のカタログがあるわけじゃないから、こっちから指名しないとヘリコプター部隊なんて出てこないわけ」

なるほど。クリストフがこの『抜け道』に気づかなければ、向こうに『空の戦力』はない。かなり優位に立てるわけか。だがそう上手《うま》くいくかな？

意見を求めてイヴへと視線を向けると、彼女はおれの茶菓子を盗み取ろうとしているところだった。悪戯《いたずら》を見つかった子猫のように、おれを見返す。

「あ、カイさん食べますか？」

「……いいよ、食べな」

対戦車ヘリコプター中隊を切り札とすることで決定。お暇《いとま》のさいに、うっかり預けた制服のジャケットを忘れるところだった。

邸宅を出ながらジャケットをはおると、きらきらと輝くイヴの眼差《まなざ》しにぶつかる。100手先までも……

「ヘリコプター中隊の騙《だま》し討ち、成功すると思うか？」

「決め手となりますよ、必ずや」

軍隊編成が決まったところで、イヴの下準備は終了。

一方、おれが担当する『下準備』はここからが本番だ。その過程で、たびたび問題が起こる。

たとえば――

☆☆☆

〈戦争〉開戦の二日前の夜。こんな時間帯は、お互いルームウェアだ。イヴが着ているのは、スウェットの上下セット。いつも通り、マシュマロ・ホットココアにこの世の歓《よろこ》びを感じているところ。

そんな我が王女さまは、リビングのテレビで記録映像を眺めていた。10年前の記念式典を撮影したものだ。王室行事を録画したビデオテープは、運営委員会から正式に借りることができる。

「イヴ。どうやら、ブツの供給源が問題となりそうだ。軍事会社オメガは論外だろ？　クリストフの味方なわけだし。オメガのライバル軍事会社でもいいが――うーむ」

「懸《け》念《ねん》されていますのは、オメガが企業スパイを放っている場合ですね」

「ああ。偶然、ライバル会社内のオメガ・スパイが知って、そこから情報が漏れたら台無しだ」

「でしたら、オメガの企業スパイが絶対に潜り込めないところに注文しましょう」

「そんな軍事会社があるのか？」

テレビ画面では、小型移動式クレーンが巨大な鐘を持ち上げているところだった。〈天の鐘〉といって、王立学園の創立から吊《つ》るされていた代物だ。10年前に老朽化のため取り外された。〈天の鐘〉は保存ボックスに収めてから、学園敷地《しきち》内の土中に埋めることになり、その式典に12人の王子王女が勢ぞろいしている。

どうやらこの鐘、ただの骨董品《こっとう》ではなく、教会が王子王女に贈呈した聖物らしい。ただの鉄の塊とはいえ、有難《ありがた》い由来があるので、王子王女がそろって記念式典に出ることになったと。いま、クレーンに吊《つ》るされた〈天の鐘〉へ、12人が両手を伸ばした。『12人の王子王女が保存ボックスに収めました』という絵を撮りたいらしい。何百キロもある鐘なので、実際はクレーン作業だが。

とにかく形ばかりは、みなが〈天の鐘〉の縁に触れる。

ふいにイヴが身を乗り出し、鐘が保存ボックスに収まるまでを見届けた。すでにボックスは穴の底にあり、蓋をしめて密閉してから、土砂で埋められていく。

「おや、おや。わたくし、この国が崇《あが》める神様を見直しましたよ。良《い》い仕事をされましたね」

なんのことやら？　どうせ尋ねても、いまはまだ教えちゃくれないんだろう。

そこでイヴには、〈戦争〉の問題に戻ってもらうことにした。

「オメガの企業スパイが絶対に潜り込んでいない供給元って、どこだ？」

「もちろん、ヴォルヌ国軍ですよ」

また眩暈《めまい》がするような要請をしてくるな。確かにヴォルヌ国軍には、オメガの企業スパイもいないと言い切れるが。

「……難易度が高すぎ」

「はい、頼りになるカイさんです」

8

さて、〈戦争〉当日。

登校前の日課として、コテージの郵便受けをのぞいた。【王位選争】関連の書類は始業前に、運営委員会から各王子王女のもとに届けられる決まりだ。

「空っぽか」

イヴもコテージから出てくる。

「出発しましょうか、カイさん」

模擬戦とはいえ、〈戦争〉では国軍の指揮を執る。そのためイヴは、支給された軍服を着用していた。可愛《かわい》い、よし記念撮影しよう。ちなみにおれまで軍服姿なのは、〈戦争〉中、守護者は総指揮官の副官となるから。

普段なら教室棟に向かうところだが、今朝はまっすぐ学園敷地《しきち》外れの車回しまで向かう。そこで運営委員の用意したリムジンに乗り込んで、王都内の空港まで運んでもらう。

そこの王族専用滑走路では、第七王女の専用プライベートジェット機が待っていた。王室が、イヴのために用意したわけだ。４名定員の小さな機体で、たとえばルガスの専用機などは定員50名の大型機種らしいが。

ガル島までは、片道3時間のフライト。

離陸したときには、イヴはもう健やかに眠っていた。おれもうつらうつらしていると、ついに絶海の孤島ともいえるガル島が見えてくる。

ガル島の滑走路にジェット機が降り立つ。とたんイヴが跳ね起きて、遠足に出発する女児のように駆けだした。

「カイさん、わたくしが一番乗りですよー！」

機外には、屋根なし四輪駆動車が待っていた。運転席に座るのは、王立学園の制服を着た男。ふむ。どこかで見た顔だが、無視しよう。

「ちょっとぉ、そこは大親友にハグするところなんじゃないかな！」

運転手のバリーが無駄に悲しそうに言ってきた。

「誰が大親友だ。そもそも、なんでここにいる？」

「運転手が足りないというから、ねじ込んでもらった。こう見えてもオレは、ビーバースカウトで勲章をもらったこともあるんだぜ」

「それ、軍隊と何も関係がないだろ」

イヴが死んだような目で言った。

「わたくしの一番乗りを、バリーさんに奪われました」

「さぁ2人とも乗ってくれ、出発するぜ～」

バリーの荒っぽい運転で道なき道を走っていく。クリストフ・コーディ同盟軍も別の場所で降り立ち、すでに軍と合流するため移動を開始しているはずだ。

やがてイヴの軍隊――歩兵大隊1個と戦車中隊1個――が見えてきた。

場所は、森林と接した大草原。

戦車中隊は戦車小隊3個から構成されており、各小隊には戦車が4両ずつ。計12両の旧型戦車がずらりと並んでいるのは、なかなか壮観。さらに歩兵大隊（4個中隊からなる400人）もいるので、戦争するには申し分ない。

ただあいにく、クリストフ軍はこの5倍強の兵力を有しているわけだが。

おれは、近くに控えていた運営委員に問いかけた。

「同盟軍にしては少ないんだがね？　イヴ・ジェシカ同盟の軍隊は、歩兵大隊3個・戦車大隊2個・砲兵大隊1個・偵察中隊1個・対戦車ヘリコプター中隊1個のはずだが？」

運営委員は嘲笑《あざわら》うように答える。

「3時間前、ジェシカ王女殿下は同盟を破棄されたのだ。よって貴様らの軍隊規模は、国力32人から計算された分のみだ」

「なるほど」

同盟破棄は同盟締結と違い、一方的に行うことが可能。さらに言えば、相手側にわざわざ破棄を知らせる必要もないわけだ。

もちろん運営委員からの知らせは届くが、それは【王位選争】ルールによって、破棄された翌朝に書類として届けられる。念のため出発前に郵便受けを確認したのも、それが理由。

さらに〈戦争〉の、2つのルールが効いてくる。

『王子王女は自軍の総指揮官となり、全責任を負う』と『同盟による軍隊の場合、盟主が総指揮官となる』が。

この2点を足し合わせると、次のように解釈が可能。

『盟主ではない側の王子王女が同盟を破棄した場合、〈戦争〉には参加する必要がない』。

ジェシカが破棄したタイミングも悪辣。3時間前とは、ガル島行きのプライベートジェット機に乗り込まねばならないギリギリ。さすがに機上の人となっては、同盟破棄も不可（運営委員会のもとに行かねばならないため）。そこでタイムリミットまで粘るとはね。

問題は、なぜジェシカがこの同盟破棄を利用した『ハメ手』を使ってきたのか。クリストフと裏で手を結んでいるとも思えない。その目的は純粋に、イヴを潰すことにあるのか。または――

にしても想定通りとはいえ、一方的に同盟破棄されたのを今まで知らされないとは。

「なぁ、イヴ。ここの運営委員会は怠慢じゃないか？」

「おそらく、それこそが戦争の実態だからでしょう。同盟国がいつ裏切るかは分からない。裏切りこそが戦争の一つの顔。

確かに〈戦争〉には、現実の戦争とは違い、明確なルールがあるかもしれません。だからこそ、ルールを逆手に取り『正しく』裏切ることも可能となる。ジェシカお姉さまが行った騙《だま》しは、〈戦争〉の王道といえるものですよ」

「王道か」

とはいえイヴも、ジェシカから同盟軍の総指揮官を任された時点では、まだ『ハメ手』が来ると想定してはいなかった。『ハメ手』の方法にこそ気づいてはいたが、〈戦争〉でイヴを裏切っても、ジェシカには何ら利得がないと考えられたのだ。

すべての前提がひっくり返ったのは、イヴが『空白の8日間』について何かを摑《つか》んだ夜から。

しかし何を摑《つか》んだのかまでは、まだ明かしてくれていない。余計な情報をシャットダウンされるのは、諜報員《ちょうほういん》としては普通のことではあるがね。

イヴ軍の中から、一人の軍人が駆け足でやってきた。階級章から少佐と分かる。イヴの前で直立不動すると敬礼した。

「王女殿下、全軍準備が整いました！」

答礼するイヴ。ポケットからガル島の地図を出して開いた。

「ご苦労様です。ではさっそく命じますね。まずガル島のまわりにある洞窟群ですが、手分けして捜索してください。偵察部隊を回らせましょう。獲物を見つけたら、構わず引きずってきてください」

「はっ、了解であります。他には何かありますでしょうか？」

あえて獲物の正体については聞かなかったようだな。奴隷の王女が適当な指示を出した、くらいにしか思っていないのかも。だとしたら、あとで驚くことになるだろう。

「はい。あちらの木にハンモックを吊《つ》るしてください。あとは全軍ひたすら待機で」

ハンモック設置作業が手早く進められているとき、ガル島の上空へと花火が打ち上げられた。開戦の合図だ。

イヴはハンモックに寝転がり、足を組んだ。

「果報は寝て待てといいますからね」

しばし待機か。おれはハンモックのそばの木を背もたれにして、座った。そよ風が気持ちいい。平和だ。イヴのためのチョコレートケーキのレシピについて考えながら時間を潰していると、ふいに足音がした。反射的に立ち上がり、いつでも戦闘に入れるようにする。

少佐だ。敬礼してきた。

「副官殿、ご報告があります。敵軍が総攻撃を仕掛けてきたのですが——殿下を起こしても問題はありませんでしょうか？」

そういえばイヴは、『待機』と『ハンモックをつけろ』しか命じていない。この少佐も『事態が動いたら起こして』と命じられていたら、こんなことで悩まずに済んだのにな。

「ありがとう、少佐。おれが起こすよ」

ハンモックを軽く揺らすと、イヴが上体を起こした。小首をかしげて、耳をすます仕草。

「おや、地響きが」

クリストフ軍の戦車部隊が一斉に向かってくるため、地鳴りが轟《とどろ》いてきたのだ。イヴは軽やかにハンモックから降りると、様子をうかがっていた少佐を手招きする。

「少佐さん、少佐さん。全軍で迎え撃ちましょう。さくさくと決着をつけますよ」

「進言させていただきますが、殿下——」

「まぁまぁ少佐さん、よく聞いてください。もう勝負はついているのです。あとは思い切りやるだけですよ」

それからイヴは絡繰《からく》りを説明した。

はじめは当惑していた少佐だが、すべてを理解すると畏怖の眼差《まなざ》しを向けて、

「そんなことが……了解しました。全軍進軍いたします」

満足そうにうなずいたイヴは小走りで、屋根なし四輪駆動車に飛び乗った。後部座席に立ち、迫るクリストフ・コーディ同盟軍を指さす。

「さぁ出発しますよ、バリーさん！」

運転手バリーはあんぐりと口を開けた。

「出発って指さす方向、おかしくない！　ここは尻に帆をかけて逃げるところだよね！」

おれは助手席に座り、バリーの肩を励ますように叩《たた》く。

「進めバリー。安心しろ。お前の骨は拾ってやる」

「オレ死ぬの⁉　ええい、こうなったら自棄《やけ》だ！」

バリーがアクセルを踏み込み、車は急発進。

やがて緩やかな丘のふもとまでたどり着く。見上げると、稜線《りようせん》にはクリストフ同盟軍の戦車部隊がずらりと並んでいた。やはり戦力は、こちらの5倍強か。

「あのさ、カイ。演習弾でも、砲弾が人体に命中したらヤバいんじゃないの？」

「安心しろ、バリー。そもそも砲撃されることなんかあったら、おれたちはお陀仏《だぶつ》だ」

「えぇぇ！」

振り向くと、イヴ軍もやってきた。こうして両軍が睨《にら》み合《あ》う。

「イヴ。そこにある軍用無線機で指示を出せるぞ」

「おや、こんなところに。では通話スイッチを押しまして。こほん。皆さん、本日はお日柄もよく――突撃でーす！」

ギュッとしたバリーが、後部座席を見やった。

「イヴちゃん無理だって！　『数』が違いすぎる！　ましてや向こうは稜線《りようせん》射撃ってやつができるから、超有利なんだからさ！」

しかしバリーの予測は外れた。

イヴの戦車中隊が斜面を駆け上がり、丘の頂上まで攻めあがる。対するクリストフ同盟軍の戦車部隊は後進するだけで、いつになっても砲撃することはない。

イヴ戦車中隊はそれを予期していたようで、頂上を越えるまで砲撃することはなかった。

クリストフ戦車部隊が後退したため、いまや頂上に陣取るのはイヴ戦車中隊。そして容赦なく砲撃を開始した。

クリストフ戦車部隊はされるがままだ。一発も撃ち返さず、一方的にやられるだけ。

こちらの演習砲弾が命中すると、クリストフ同盟軍の戦車は次々と機能を停止していく。一定の衝撃を受けると、強制停止する仕組みなのだ。

戦車部隊に随伴していた歩兵部隊には、イヴの歩兵大隊が猛撃。数的有利は断然向こうなのだが、発砲し返すこともなく、ただ演習弾を受けるだけである。

こうしてクリストフ同盟軍は、あっという間に『殲滅《せんめつ》』された。

この異常事態に、バリーが唖然《あぜん》としている。

「な、なんでこんなことになっているんだ!? イヴちゃん、どんな魔法を使ったのさ?」

後部座席に深く腰掛けたイヴは、退屈そうに空を見上げた。

「クイズですよ、バリーさん。考えてみましょう。なぜクリストフ同盟軍は反撃できなかったのでしょうか?」

「まさか、クリストフ同盟軍の軍隊を買収したとか?」

そうイヴに問いかけてから、すぐにバリーは首を横に振る。

「いやいや、そんなことは不可能だって。クリストフ同盟軍とは、ようはロアノークの軍人だからね。買収なんて無理。発覚すれば軍法会議ものだし、第一ロアノーク軍人としての誇りがある」

「買収。そこまで至ったのでしたら、答えはもうすぐですよ」

「買収は正しい? けどクリストフ殿下を買収できるはずがないし……コーディ殿下を? しても意味ないか。さては運営委員会を? うーん、これも馬鹿げているなぁ。けど〈戦争〉に関わっている者は、他にはいないし」

混乱しているバリーに、イヴが助け船を出す。

「バリーさん、バリーさん。〈戦争〉は多くの人たちが力を出し合うことで、成立するゲームですよ。わたくしたち王子王女、ロアノーク国軍の兵士たち、運営委員会の方々——さらに下請けになった会社の皆さんも」

バリーはぽかんと口を開け、イヴを見つめる。

「たしか——兵器の輸送や整備は国軍ではなく、運営委員会が下請けに出した会社が行ったんだっけ。だから下請け会社を買収すれば、クリストフ同盟軍の戦車に細工ができるぞ。そうか、たとえば砲弾が撃てないようにも！」

「細工している暇がありますか？　わたくしはなかったと思いますよ。仮に細工の時間があったとしても、今日到着したロアノーク国軍の方たちが修復できてしまえるのでは？」

「細工じゃない？　え〜——おお！」

何かに思い至ったようだ。バリーは車から飛び降り、近くにいたイヴ軍の歩兵に声をかける。歩兵からライフルを借りて、弾薬を確認。だが自分では識別できなかったようで、歩兵に尋ねる。それから落胆の表情で戻ってきた。

「歩兵のライフルには、〈戦争〉専用の演習弾が装塡されていた」

おれは呆《あき》れた。

「あのなぁ、バリー。今さっきまで、イヴ軍の歩兵や戦車は演習弾を撃ちまくっていただろ」

「だよねぇ。てっきり演習弾を実弾とすり替えたのかと思ったんだよ。そうすりゃあ、演習弾しかない敵軍に余裕で勝てるじゃん？」

頭を抱えたくなった。なぜそこまで至ったのに、答えを華麗にスルーできるのか。

イヴが拍手する。さては飽きたな。

「さすがバリーさん、ご慧眼《けいがん》です！」

いまだ理解できていないようで、バリーはキョトンとした顔。

「えーと、何が？」

「ですから、すり替えですよ。ライフルや戦車の演習弾を、実弾とすり替えたのです。下請け会社を丸ごと買収することで」

「だってすり替えはなかったって、今――」

そこでバリーはハッとして、目を見開く。

「すり替えたのはイヴ軍の弾じゃない。クリストフ同盟軍の弾なんだね！」

イヴは晴天を見上げて、伸びをする。日向《ひなた》ぼっこしているネコみたいだな。

「面白いですよね、バリーさん。通常の戦争でしたら、より強い火力を得た側が勝つものです。敵を蹂躙《じゅうりん》し、破壊の限りを尽くすでしょう。

ところが〈戦争〉という模擬戦では、状況は180度変わるのです。強すぎる火力を得た側が、手も足も出なくなるのです。

当然ですよね。〈戦争〉のため一時的に敵味方で分かれているとはいえ、同じ軍の大切な仲間なのです。実弾のライフルで撃てば、致命傷を与えてしまいます。実弾の砲弾を使えば、戦車を破壊して乗員を皆殺しにしてしまいます」

クリストフがすり替えに気づいたのは、ガル島に到着してからだ。実弾だからといってクリストフには、〈戦争〉の開戦を止めることはできない。

なぜなら中止になるのは、ロアノーク国に有事があった場合に限られるからな。〈戦争〉ルールにばっちり記されている。

「だからクリストフ軍は、反撃できなかったのかぁ。実弾を持たされたせいで、戦闘ができなくなるなんて！　さすがイヴちゃん！　な、カイ？」

「いや、おれも知っていたからな。誰が、買収とかの下準備をしたと思っているんだ」

今回の下請け会社への買収工作については、おれ一人では無理だった。実際に動いてもらったのは、〈ウォッチメイカー〉の諜報《ちようほう》員たちだ。

管理官は、買収のための資金は出せない、と明言。買収金はこっちが用意すると約束して、動かせる手駒をまわしてもらった。

夜も更《ふ》けてからおれは学園を抜け出し、諜報《ちようほう》員たちと合流。買収のための指示を出したのだ。

バリーが次なる疑問を口にする。

「あれ、変だぞ。下請け会社を買収したから、クリストフ同盟軍の演習弾を実弾とすり替えることはできた。けど、そもそも大量の実弾はどこから来たんだ？　下請け会社では、そこまで入手できなかったはずだよね。軍事会社ではないしさ」

イヴはにっこりして、

「さぁ。実弾の出所は、どこでしょうね？」

さすがに実弾の供給源は明かせない。

普通に考えれば、ロアノークの軍事会社から購入するところだろう。だがクリストフへの情報漏洩《ろうえい》の危惧があったので、軍事会社には依頼できなかった。

かといって作戦の成功には、実弾が不可欠だ。

たとえば買収した下請け会社を使って、クリストフ軍に演習弾を運ばせなかったとしよう。弾薬なしの状態だ。これではさすがに昨日のうちに、運営委員会に発覚しただろう。

演習弾と実弾は、素人目《しろうとめ》には判断が付きにくい。先ほどバリーも、自分では見分けられなかったように。

だからこそ運営委員会も騙《だま》すことができ、かつ決戦日に到着したロアノーク国軍兵士には発見させる流れができたのだ。

実弾は必要。そこで情報漏洩《ろうえい》が確実にないところから、実弾を買うことにした。すなわちヴォルヌ国軍から。

〈ウォッチメイカー〉に頼めば、実弾を密輸させることは可能。ロアノーク本土ならともかく、領海とはいえ海上のガル島なら難易度も下がる。こっちは購入費もちゃんと払うわけだし。

唯一の不安が、〈戦争〉で使用される銃器と互換性のある弾薬を、ヴォルヌ国軍が所持しているかどうか。ただこれも杞憂《きゆう》に終わった。ロアノーク軍が使用する銃器などは分析のため、ヴォルヌ軍も同じものを大量に保有していたので。

バリーは実弾の出所より、もっと大きな謎に気づいたようだ。

「買収や実弾購入のためには、とんでもない資金が必要だったはずだよね。どこからそんな多額のお金を用意することができたの？　イヴちゃんたち、隠れカネ持ちだったとか？」

気怠《けだる》そうにバリーを見てから、イヴが答える。

「つい先日、たっぷりと臨時の資産を得ましたので」

「どうやって？」

「ルガスお兄様から頂いたのですよ」

ほう。バリーにそこまで明かすのか。信用が置けるということかね。

「え？　イヴちゃん、どーいうこと？」

イヴは謎めいた笑みを浮かべるだけ。それ以上の詳細を明かすつもりはないようだ。当然だな。ここから先の真実を語るためには、おれが〈ウォッチメイカー〉諜報員《ちょうほう》であることを明かさねばならない。

なぜならルガスの隠し財産は、丸ごと盗んでしまったのだから。

——6日前。

ルガスがコテージに現れ、イヴが〈ナーダ〉の復活を創り出した夜。

ルガスを見送ってすぐ、おれは学園の敷地《しきち》から抜け出した。

まずは監視探知ルートを使って、尾行がいた場合はあぶりだす。

尾行がないことを確認したら、首都に潜伏中の課報員《ちょうほういん》3人と合流。管理官がいつでも貸せると言っていた3人。暗号回線で呼び出させてもらった。

3人はそれぞれが［公務員］、［肉体労働者］、［教授］と名乗った。

おれは状況と計画を、手短に話す。

〈ナーダ〉という影を恐れたルガスは、今夜中にでもインゴットを動かすだろう。〈赤い家〉近くで安全な保管場所は、王立銀行しかない。輸送中を襲撃し、そっくりいただくのだ。

まず［教授］を〈赤い家〉の見張りに送る。

残りのおれたちは、待ち伏せポイントに向かった。〈赤い家〉～王立銀行のルートから、最適ポイントを選んだのだ。

［教授］から携帯端末に連絡が来た。〈赤い家〉からトラックが出発したことと、そのナンバーを知らせてくる。

5分後、待ち伏せポイントに標的のトラックが来た。［公務員］が手を振って停《と》める。向こうは停《と》まるしかないだろう。［公務員］は警察官の制服を着ているのだから。なんといっても本物の警官だ。

おれと［肉体労働者］が物陰から急襲し、制圧。トラックに乗っていた運転手と護衛の二人を拘束した。

おれは運転手たちに状況を説明してやる。

「お前たちは、ルガス王子殿下の大事な隠し財産を強奪された。正直に報告してもルガスは怒り狂い、お前らを家族もろとも労働収容所に送ることだろう。10年後くらいに、ルガスはふと思い立ち恩赦を出すかもな。それまでに飢えと過労で死んでなければだが。

または別の未来もある。ルガスには何も報告しないことだ。お前らが強奪を報告しなければ、しばらくはルガスも隠し財産が消えたことに気づかない。

その間に、お前らは一身上の都合で仕事を辞めて、家族とともに高飛びしろ。ロアノークと引き渡し協定を結んでいない国がいいぞ。なんだって？　高飛びしたくてもお金がない？　いやいや、あるだろ」

拘束した運転手たちの足元に、インゴットを5個ずつ置いた。インゴット1個が5キロで、取引価格は約2000万フォール。

「で、どうする？」

聞き分けの良《い》い運転手たちが取引を受け入れたので、おれたちは制服をもらう。

運転手の役はおれが務め、［公務員］と［肉体労働者］が護衛役。素早く着替える。

続いてトラックを走らせ、まずは数ブロック先の倉庫へ向かう。〈ウォッチメイカー〉が、複数のダミー企業を介して所有している不動産の一つだ。

すでに［教授］は到着していて、フォークリフトと大きな木箱を用意していた。

おれは［教授］の用意した木箱を指さして、中身を聞いた。

「屑鉄《くずてつ》さ」

という回答。重さはぴったりだな。

そこからは積み替え作業。トラック荷台に積まれていた、インゴット入りの4つの大型木箱を出す。

そのかわりに屑鉄《くずてつ》の詰まった4つの大型木箱を積み込む。

ちなみにインゴットは1箱に200個も納められていたので、約40億フォール。これが4箱で、約160億フォールか（さっき買収するので3億使ったが）。

出発前に、念のためインゴットを1個だけ出す。［肉体労働者］に渡すと、それだけで狙いを理解してくれた。

おれの運転で、王立銀行へ向かう。そこでは不安そうな頭取が待っていた。名前はマテオだったか。

トラックから出した木箱を、銀行内の大型金庫室へと移していく。

屑鉄《くずてつ》のつまった木箱を。

4箱目を運んでいるとき、護衛役の［肉体労働者］が動く。先ほどおれが渡したインゴットを、木箱からに見せかけて落としたのだ。まるで封が甘かったかのようにして。

インゴットを見た頭取がギョッとして、視線をそらす。こうしておけば、変な好奇心を抱いて木箱内を覗《のぞ》くこともないだろう。

落ちたインゴットは［肉体労働者］が回収し、頭取が見てない間に服にしまった。木箱の蓋をバンバンと叩《たた》いて、あたかも中に入れ直したように見せかけて。

運び入れが完了し、撤収。

頭取はルガスに受け取りの報告をするだろう。かくしてルガスは、自分の大事な隠し財産が銀行に保管されたと思い込む。

イヴの軍資金に化けたとも知らずに。

☆☆☆

しばらく、時は緩慢と流れていき――

いきなり雷に打たれでもしたように、バリーが跳ね上がった。

「イヴちゃん！　買収の件、〈まだら雲〉に知られたらヤバいんじゃないかな⁉」

無線機を枕にうとうとしていたイヴが、不機嫌な子猫のように睨《にら》む。

「バリーさん……いえ、買収は問題ありません。【王位選争】に『買収してはならない』というルールはありませんので。

ただそれを言うのならば、『人殺しをしてはいけない』というルールもない。だからといって殺人を行えば、追放処分は免《まぬが》れないでしょう。すなわち【王位選争】には、グレーゾーンがある。白霧の漂うグレーゾーンを正しく歩んでこそ、【王位選争】を制覇できるのですよ」

「おお、さすがイヴちゃん」

問題があるとしたら、〈まだら雲〉が買収のための軍資金の出所を追跡してきたときか。疑問に思うだろうからな。なぜ第七王女にこれほどの軍資金が用意できたのか、と。

ただその軍資金は、ルガスの隠し財産。しかも極秘裏に分捕ったもの。〈まだら雲〉程度の追跡能力では、決して辿《たど》り着けまい。

ただし一人だけ、真実に至る者がいる。『隠し財産』強奪の被害者である、ルガスだ。

だがイヴは、それさえもプラスに働く、と話していた。先日のこと。

――「ルガスが疑問に思うのは、次のことです。隠し財産を奪うための手駒を、わたくしがどこから調達したのかと。実際は〈ウォッチメイカー〉ですが、ルガスは別の結論に達するでしょう。すなわち、復活の〈ナーダ〉だと」

それの何が好材料なんだ、と問いかけたところ、

――「この場合、ルガスが仮定とせざるをえないのは、わたくしが〈ナーダ〉の一員ということです。だとしたら、どうなりますか？　ルガスはわたくしに騙《だま》されて、奴隷の反乱組織に軍資金を差し出してしまったことになる。

これが公けになることは、ルガスという『価値』の暴落にさえなりかねない。とくに彼の支

持基盤が、『奴隷を根絶やしにせよ』ですからね。よってルガスがひとまず取る選択とは——様子見です。ヘタに動くことは得策ではない」

ルガスからいま攻撃を受けることは、望ましい展開ではない。ルガスをラスボスと見なすなら、その前に撃破せねばならぬ強敵が何人もいるのだから。よって動きを封じる必要があった。

〈戦争〉で買収を行うことが、ルガスへのけん制にもなるわけか。

ただそのかわり、ルガスの宿敵リストのトップに躍り上がるがね。だが良《い》い点もある。

イヴが作り出した『復活の〈ナーダ〉』の影は、いまだ健在だ。

こうして、まったりとした時間が戻ってきて——またもバリーが跳ね上がる。

「イヴちゃん！　実は危なかったんじゃないかな！　クリストフ・コーディ同盟軍が総攻撃を仕掛けてきたのは、『誤射』を狙ってきたからじゃないのかな！」

バリーにしては、鋭い指摘。

クリストフ同盟軍が装備できるのは実弾のみ。通常ならば、発砲も砲撃も行われない。

だが万が一、一方的に演習弾で攻撃される状況に、誰かが怒りを爆発させたら？　クリストフ同盟軍から一人でも実弾の発砲者が現れたなら、一気に戦場は混乱を極めたことだろう。何人も死者が出たかもしれない。

このやり方ではクリストフも勝てないが、〈戦争〉を中止にはできたのではないか。さすがに軍人が何人も殺されては、運営委員会側も無視できまいと。

あくびまじりにイヴが言う。

「カイさん、見せてあげてください」

「了解」

おれは車外に出て、クリストフ同盟軍の死体に歩み寄る。もちろん死んだフリだが。着弾の赤いペイントは血のように見えるし、目を見開いてピクリとも動かない迫真の演技力といったら——徹底しているのは、さすが軍人。

そばに落ちていたライフル銃を取り上げ、車に戻る。バリーに弾倉が空っぽなのを見せた。

「戦場に出るときから、実弾なんか装填していなかったんだよ。誤射の危険は、彼ら自身がよく分かっていた」

おそらくクリストフは、実弾を装填するよう命じたはずだ。『発砲せよ』までは命じられなくとも、誤射を狙うための実弾装填ならば可能と見て。それでも装填していないのは、同盟軍が従わなかったから。

ロアノーク軍人の英断も、イヴにとっては織り込み済みだろう。

イヴは策略を練り、敵を陥《おとしい》れることに歓《よろこ》びを感じる。

一方で、無関係な人間が傷つくことは絶対に回避するのだ。彼女には、彼女の正義がある。

まぁ、無関係な人を手駒くらいにはするがね。

やがてイヴ軍の偵察兵たちが、二人の男を引きずるように連行してきた。

「あれは、断崖の洞窟群に偵察へ行った兵士たちか。バリーは待っていろ」

おれとイヴは車外に出て、獲物の到着を待った。

偵察兵が連行してきた獲物こそが、第三王子と第五王子だ。

「クリストフとコーディが洞窟に潜むと読んでいたのか？」

「はい。実弾すり替えを知った時点で、クリストフは自分に勝ち目がないと知りました。かといって敗北を受け入れるほど潔《いさぎよ》くはないでしょう。ならば取れる手段はひとつだけ。ひたすら逃げ回ることですよ。運営委員会が音を上げて、この〈戦争〉を中止にするまで」

「先ほどの全軍での総攻撃には誤発を狙うとともに、陽動の意味もあったのか。洞窟は入り組んでいるようだし、深いところまで潜られたら発見するのは大変だった。その前に捕縛させたんだな」

偵察兵が敬礼した。

「イヴ王女殿下、ご報告いたします。ご命令いただいた通り、洞窟近辺を探索していましたところ、洞窟内に入り込もうとする敵軍の総指揮官を発見。連行いたしました」

「ありがとうございます」

偵察兵に押しやられたクリストフとコーディが、無様に転ぶ。

相手が王族だというのに、かなり手荒な扱いだ。〈戦争〉中はたとえ王族でも、敵軍の総指揮官ということか。とはいえ、これがルガスやサラだったら、丁重な扱いだったと断言できる。

這《は》いずるクリストフを見ていて、つい口を滑らせた。

「この島には、豚がいるんだなぁ」

聞こえたらしい。クリストフが、両手を振り回して立ち上がる。口角泡を飛ばしながら、怒鳴り出した。

「お前、お前、お前、お前！　王族に対する不敬罪だぞ！　命はないものと思え！」

【王位選争】での敗北が確定した今、王族も追放される身だろうが。

イヴに気づくと、クリストフは怒りの雄たけびをあげてきた。

「この奴隷がぁぁ！」

イヴに飛び掛かろうとしたので、横っ腹を蹴っ飛ばしておく。

「うげぇぇ！　いてぇぇぇ！　畜生、クソったれ！　奴隷のクソ女がぁあ、オレと正々堂々と戦いやがれぇぇ！」

駄々をこねるように、地面の上で手足をばたつかせるクリストフ。

パチパチと拍手するイヴ。

「面白い見せものですねぇ、クリストフ。ですが、これだけは言っておきましょうね。わたくしは、ただ戦争の約束事を守っただけのことですよ。戦うからには勝たねばならない。勝つためには、戦う前に勝利の道筋を作っておかねばならない」

「お前、お前、お前、お前……！」

「黙りなさい、クリストフ。あなたにも勝つ道筋が、ちゃんとあったのですよ。わたくしは、兵器類を輸送・整備する下請け会社を買収しました。それが勝因となった。だからあなたはその会社内に、情報提供者を飼っておけば良かったのです。それだけで、わたくしの策略を事前に知ることができたのですよ。演習弾と実弾のすり替えを阻止できた。あなたの言う『正々堂々とした戦い』に、わたくしを引きずり込むことができた。

ところが、あなたは怠った。確実に勝つための準備をサボったのです。あなたはわたくしを糾弾しましたが、まず怠慢な己を恥じるべきです」

イヴは軍服のポケットから弾薬を取り出す。

「さぁ、お立合い。こちらは、こっそりと持ち込んだ実弾です。カイさん、お願いします」

近くにいた偵察兵からリボルバーを借り、シリンダーをスイングアウトして、装填されていた演習弾を排出。続いて、イヴから受け取った拳銃弾を装填した。

「ダブルアクション方式だから、あとは引き金を引くだけだ。鉛弾が飛び出し、脳味噌《のうみそ》を吹き飛ばす」

拳銃を受け取ったイヴは、それを聖杯でも捧《ささ》げるようにして、コーディに差し出した。

「さぁ、コーディさん。どうぞ」

ここまでのやり取りを、コーディはぽかんとした顔で見ていた。まさしく脇役の顔で。それがいきなり、主役にさせられてしまった。居心地が悪そうで、何とかスポットライトから逃れようとしている。だがイヴは許さない。

「コーディさん。いつまで虐《しいた》げられる人生を生きるつもりですか？　迫害されることを受け入れてしまったら、もう誰もあなたを気に留《と》めてくれませんよ。

たとえあなたが被害者なのだとしても、みずから声を上げることをしなければ、取るに足りない者として扱われるのです。それがこの世の真理なのですからね。

さぁ、コーディさん。ここで立ち上がり叫ぶのです。自分が価値ある者だということを、世界に示すのです。そのための第一歩として、これまであなたを虐《しいた》げてきた者を排除しましょう」

5日前。学園の食堂で、イヴはふしぎそうに見ていたものだ。クリストフから、一方的に暴力を振るわれるコーディを。あのとき何を考えていたのか、やっと分かった。

なぜ虐《しいた》げられたまま、黙っているのか。なぜ我慢をしているのか。

なぜ謀略を練って敵を陥《おとしい》れ、目の前に跪《ひざまず》かせようとしないのか。

「だ、だだだ、だけど、なにも、じ、実弾を、つ、使うことは、な、な、ないんじゃ？」

「コーディさん、コーディさん。王に反旗を翻《ひるがえ》すのなら、必ず殺さねばなりません。いじめっ子に報復するのにも、同じことが言えるのですよ。生易しい反撃では、10倍返しでいじめられてしまうだけです。牙を向けるならば、容赦なくです。

さぁ引き金を引いてください。わたくしが見届けてあげますよ」

コーディを唆《そそのか》すイヴの声音には、魔性の甘い響きがあった。脳髄をとろんとさせ、全身を痺《しび》れさせる力が。

コーディが銃把を握る。その双眸《そうぼう》は、爛々《らんらん》と輝いていた。イヴという毒が回った――

ここまでクリストフは、有りえないものを見る顔だった。だがついに現実だと理解したのだ。

恐怖に飲み込まれ、叫び出す。

「てめぇぇぇ、コーディ!! んなことして、タダで済むと思ってんじゃねぇだろうなぁぁぁぁあ!! オレがいなきゃ、てめぇなんかただの虫けらだろうがぁぁぁ!! オレが使ってやっているから、てめぇにも生きる意味が出てくんだろがぁぁぁ!!」

「うるさいんだよ、汚物のつまったクソ豚野郎がぁぁぁ!」

銃口を向けられたとたん、クリストフが「ひぃぃぃ!」と悲鳴を上げながら、両手で地面を掻《か》きだした。どうやら、モグラのように地面を掘って逃げようとしているらしい。

「ま、まままままま、てぇぇぇぇ! コーディィィィ!!」

「くたばれ!」

「やぁぁぁぁあめろぉぉぉぉぉぉお!!」

引き金が絞られ、銃声が轟《とどろ》いた。クリストフの眉間から血が飛び散る。いや血ではなく、演

習弾の赤いペイントだが。

もちろんイヴが実弾といったのは、嘘《うそ》だ。クリストフもコーディも、すっかり信じ込んでいたようだが。冷静に状況を眺めていた周囲の兵士たちは、この単純な嘘《うそ》に気づいていた。だから止めることもなく、静観していたわけだ。

実弾で頭部を撃たれたと思い込んだクリストフは、白目を剝《む》いて倒れた。ショックで意識を失ったらしい。股間が濡《ぬ》れている。漏らしやがったか。

コーディはぜぃぜぃと荒い息をついてから、クリストフの腹を蹴とばした。

「もうお前の言うことなんか聞かないぞ！　ぼくは、今ここで生まれかわった！」

そんな晴れ晴れとした顔面を、イヴが別の銃で撃った。演習弾が命中し、驚きのあまりひっくり返るコーディ。

「あ……あ……あ……あれ？」

コーディを見下ろして、イヴは残念そうに言うのだ。

「コーディ、勇気と暴走は別物ですよ。本当に実弾だったら、どうするつもりだったのですか？　あなたは殺人犯になりたかったのですか？　違いますよね？　反省しなさい」

「…………は、はい」

☆☆☆

滑走路へ戻る道中、イヴがおれの耳元で囁《ささや》いた。吐息がくすぐったい。

「カイさん。ひとつ話しておくことがありました。実はですね――」

それから『昼食にはホットケーキが食べたい』というような気楽さで、あることが口にされた。脊髄に雷撃が走るような真実を。

だとしたら、全てがひっくり返る。

そして謀略を語るのだ。とても生命力に満ちた瞳を輝かせて。

イヴにとって、これから引きずり出そうと企《たくら》んでいる、この鯨の臓物のような巨大な欺瞞《ぎまん》は、とても甘美なる味わいなのだろう。

それこそ、大好物なココアよりも。

「偉大なる欺瞞《ぎまん》に、拍手と喝采を――か」

9

王立学園に帰還。まずはコテージに戻り、学園の制服に着替えた。

イヴと教室棟に向かうも、そこに待ち構えていたのは運営委員の一人。

「第七王女イヴ、《弾劾》が起こった。これより弾劾投票が行われる。大講堂に移動を願おうか」

クリストフ・コーディ同盟を〈戦争〉で倒したことにより、新たに161人(元クリストフ国民112人+元コーディ国民49人)の国民を得たことになる。

これによって危惧していた通り、《弾劾》が行われることになった。

すなわち、新たなイヴの総国民数193人(元クリストフ・元コーディ国民161人+元アレク国民31人+守護者のおれ)の10分の1が、《弾劾》を要請したということだ。

皮肉なことに、弾劾投票が実施されるのは大講堂。イヴの転入式は、本来ならここで行われるべきだった。反省室などではなく。

イヴの国民193人が、すでに集められている。このうち過半数が弾劾に投票してしまったら、イヴの物語は終わりとなる。

そのときは、この国民たちは『難民』となるわけだ。

《弾劾》でのみ発生する、この難民というシステム。

難民たちは、【王位選争】に残っている王子王女による争奪となる。専用の【決闘】があり、一人の王子王女が総取りできないよう設定されていた。

いまイヴが壇上へ向かおうとする。

弾劾投票の前に、5分間の演説時間が与えられる決まりだ。この演説で、国民たちを説得するため。ところが運営委員に止められてしまう。イヴの到着が遅れたため、演説時間が省略されたのだ。

嫌がらせか？　微妙なところだな。

投票が始まる。バリーの姿を探してしまったが、あいつはルガスの国民だったな。いつも一緒にいるので、イヴの国民のように錯覚していた。

投票終了。開票作業は機械と手作業の二段階で、間違いのないよう行われた。

結果は――『続投』97票。『弾劾』96票。

第一回弾劾投票は、僅差でイヴの続投となった。だが――

「続投はいいが、この投票結果――一体、なにが起きたんだ、イヴ？」

イヴは苦悩の入り混じった口調で言う。

「悪夢ですよ、カイさん」

10

放課後。

イヴをコテージに残し、おれは単身で学園から抜け出した。通常は外出許可が必要だが、そんなものは待っていられない。

防犯カメラの位置と、警備兵の巡回ルートはとっくに把握済み。よって隠密《おんみつ》での出入りは容易《たやす》い。

学園の制服を着たまま、歩道を進み、小さな公園に入った。ベンチに腰掛けると、一人分離れたところに、新聞を読んでいる男がいる。同僚だ。〈ウォッチメイカー〉の諜報《ちょうほう》員。管理官からの指令を伝達するのが、この男の役割だ。

ルガスの隠し財産を横取りするときは、急な作戦だった。そのため偽装身分で潜伏中の同僚を、3人も危険に晒《さら》してしまったわけだが。今回は、その心配はない。

伝言役の同僚は、新聞を読みながら言う。

「管理官からの指令だ――『乗り換え』を行えと」

「なんだって？　イヴから、別の王子王女へ乗り換えろというのか？　たしかに【王位選争】が始まる前に、管理官から提案されてはいた。イヴを足掛かりにして【王位選争】に入り込み、より玉座に近い王子王女を取り込むプランは。そのさいイヴを切り捨てるとも。

だが、なぜいま行う？　イヴの国力は、いまやルガス・サラ・ディーンに次ぐ四番手だ。ジエシカさえも越えた。なんの文句がある？」

「管理官は失望されていたぞ。イヴ王女は、あまりに軽率な手を打ったと」

この同僚はくちびるを動かさぬまま、指向性のある発声をしている。おれがいる方向にだけ声が届くように。真似《まね》できないことはないが、ここまで上手《うま》くはできないな。「軽率？　買収工作を用いて、クリストフ同盟軍を倒した。これのどこが軽率だというんだ？」

「目先の勝利に囚われた挙句、先読みの思考が鈍ったということだ。その証拠に、先ほどの《弾劾》だ。投票結果を見て、まさか何も違和感を覚えなかったわけではあるまい」

あれは完璧だった。

「97対96で、イヴの続投が決定された。紙一重とはこのことだ」

「もちろん本気で、そんなことを言っているわけではあるまい。97対96だと？　偶然に出来上がる結果ではない。何者かが介入したのだ。開票作業は運営委員が仕切っているため、不正はないだろう。【王位選争】での不正が発覚すれば、たとえ〈まだら雲〉所属でも極刑は免《まぬが》れないからな。

　すると操作したのは、投票した国民たちだ。いや正しくは、その国民たちを裏で操った黒幕だ。その黒幕によって、貴様以外の192票が握られているのだ」

「……黒幕とは、ジェシカか」

「妥当な推論だな」

「全ての国民を抱き込めるはずがない」

「こういう投票では、『票を取りまとめる者』が存在するものだ。国民の中でも、権威のある者によって。それが6人ならば、6人を取り込むだけでよい。そうするだけで192票を思いのままに操作することができる。

さらにいえば、最後の一票である貴様が『続投』に投票することは分かり切っている。よってジェシカは、完全に投票結果をコントロールできることになる。その結果が、97対96だ」

「イヴを弾劾させなかったのは、すでにジェシカの手の中だ。193人が難民となるのを避けるためか」

「イヴの生死は、すでにジェシカの手の中だ。生かされているのは、ただ国民を総取りしようと企《たくら》んでいるから。その上で、改めて尋ねよう。カイ・エルバードよ。まだ乗り換え策に反対するつもりか？」

おれは澄み渡った空を見上げ、おやっと思った。一羽のモリズナが、自由に羽ばたいていくのだ。どこまでも、どこまでも。

「イヴの脱出プランを要求する。【王位選争】で敗北すれば、イヴは死刑に処される。その前に、国外に脱出させたい。それが乗り換え策との取引条件だ」

「貴様に要求する権利などはない。イヴ王女のことは諦めろ。任務に集中しろ。乗り換え先として、有力候補はいるのか？」

相手の忌《い》み嫌《きら》うことをする——

「……ああ、いるよ。勝利に貪欲で、ずる賢く、どんな手を使ってでも玉座を我が物にしたい王女がいる。第二王女のジェシカだ」

プリンセス・ギャンビット

Ⅲ 章

〈競売〉—— < オークション >

Princess Gambit
Chapter Ⅲ

1,対戦するプレイヤー同士が、入札者と出品者を交互に行って進める。

2,出品者は、第1回オークションにかける品を出す。出品物については、所有権を証明できるものならば何でも良い。ただし事前に運営委員に届け出る必要はある。

3,出品終了後、入札者は『入札数値』を、出品者は『落札防止数値』を決める。双方とも数値の上限はなし、下限数値は10である。

4,入力の段階では、相手の数値は分からない。『入札数値』と『落札防止数値』が決定したとき、はじめてお互いの数値が明らかにされる。

5,このとき『入札数値』が『落札防止数値』を越えていれば、落札に成功。入札者の勝利となる。

6,一方、『落札防止数値』が『入札数値』を上回っていれば、落札の防止に成功。出品物を守ったことになり、出品者の勝利となる。

7,双方の数値が同じだった場合、やり直しとなる。

8,第1回のオークションが終わったら、入札者と出品者の役割を交換して、第2回オークションを行う。

9,ここまでを1ターンとし、全部で3ターン行う(よってオークションの回数は6回)。

10,勝利条件は、終了時に相手より多く落札していること。3ターン終了しても決着がついていなければ、延長戦となる。

~注意点~

☆『入札数値』と『落札防止数値』は、オークションの勝敗に関わらず、必ず運営委員へと支払われる。すなわちオークションに負けても、支払いは行われる。

☆数値の単位は、《挑戦》を受けた側が決定する。

☆落札した出品物は、運営委員が預かる。

☆落札防止に成功した出品物は、出品者の手元に戻る。

Princess Gambit

Chapter Ⅲ ―― AUCTION

1

その夜——

さすがに第二王女の邸宅ともなると、たとえ学園敷地《しきち》内にあっても警備は厳重だ。それをくぐり抜けて、二階の寝室に忍び込む。とたん人工的な明かりに照らされた。

椅子に腰かけたジェシカが、ナイトスタンドを点《つ》けたためだ。室内灯ではないので、使用人などが明かりに気づいて不審に思うこともない。

おれは両手を挙げて、害意がないことを示した。

「なぜ、おれが来ると分かった？」

いまさら敬語を使う必要はあるまい。

ジェシカは組んだ足先をぶらぶらさせる。ふわふわしたスリッパをはいていた。

「イヴが詰んだから。そしてキミは、イヴのことを一番に考える、できた飼い犬だから。ああ、さらに一番重要なのはイヴにとっては、【王位選争】の敗北が死刑と同義だから。かな」

「あんたは、イヴの国民全ての票をコントロールしている。《弾劾》で、それを示した。しかし、用意が良すぎるよな。まるでイヴが、クリストフ・コーディ同盟に勝つと見越していたようじゃないか。同盟破棄のハメ技を使ったことと、矛盾していないか？」

おれの質問は、ジェシカを失望させたようだ。

「そんなことを聞くために、わざわざ不法侵入したのかな？　あたしがここで『誰か助けて！』とでも叫べば、キミは一巻の終わりなんだけどね？」

いいだろう。欲しいものをくれてやろう。

「イヴを助けてもらいたい」

これこそ、ジェシカを満足させる言葉だった。

「ふむ、ふむ。あたしの脅しは、ちゃんと理解できていたようだね？　あたしはいつでも、《弾劾》でイヴを追放できる、と」

「《弾劾》させなかったのは、イヴの国民が難民となるのは望ましくなかったからだろ。難民にしてしまっては、総取りにはできない――」

おれから次の提案を引き出すため、ジェシカは《弾劾》させなかったと言ってよい。

「――おれと組めば、総取りすることが可能だ」

微笑《ほほえ》み。だが喜悦までは感じられない。全てがプラン通りに粛々と進んでいるからか。

「イヴの全国民を、差し出そうというのかな？」

「ああ、だが条件がある」

「そうだろうね、そうだろうね。キミは誰よりも、おそらくイヴ本人よりも、彼女の身を案じているのだから。で、条件って？」

「【王位選争】敗北後、イヴを保護してもらいたい。第二王女のあんたならば、可能だろう？　イヴを保護し、自由戸籍を与えるんだ。それが条件だ」

「その条件、半分は呑《の》める。だけど、残りの半分は受け入れられないなぁ。奴隷に生まれた人間は、最期《さいご》まで奴隷であるべきだ。あたしの母親を殺した奴隷に、なぜ慈悲を与える必要があるのかな？」

そのときジェシカから発せられた憎悪《ぞうお》に、おれは恐怖した。

「やはり、奴隷を憎んでいたのか。気持ちは分かる。だがイヴは、あんたの母親を殺した奴隷とは無関係だ。何より、血のつながった姉妹だろ」

「そんなことで、あたしが情けをかけるとでも？」

「自由戸籍を与えないで、どうやってイヴを助ける？」

「奴隷として飼ってあげよう。イヴは可愛《かわい》いし、頭もいいからねぇ。何かと便利に利用できそうじゃないか。そもそも処刑コースから助け出すだけで、あたしは方々に貸しを作りまくることになる。そのうえ自由にさせたら、あたしは大損だよ。

第一、キミだって『イヴの全国民を差し出す』と言いながら、確実な方法は取れない。国民の譲渡書には、王子王女と守護者二人の署名が必要だからねぇ。するとキミがやれることは、あたしが《挑戦》したとき、イヴがどの《決闘》を選ぶか誘導するくらいで——」

「No.13〈競売《オークション》〉」

「へぇ？」

おそらくいまジェシカが示したのは、本物の一驚。

「あんたが《挑戦》してきたら、イヴが選択するのは〈競売〉だ」

ジェシカは足を組みなおした。

「興味深い選択だね。国力の差を考えれば〈戦争〉が有利だし、アレクを倒した腕があるのなら〈王盤〉に自信があるはず。〈競売〉とは、驚きだ」

「まず〈戦争〉だが、イヴとあんたの差は67人だ。67人分の軍事費の差では、確実に勝てる安全圏とはいかない。あんたは戦略シミュレーションに長《た》けているようだしな。そして〈王盤〉だが——イヴは、ア、ア、ア、ア、アレクより強いわ、わ、わけではない、ない」

アレクの攻略法——精神攻撃で弱らせてから、一気に攻め立てた方法を明かした。

「なるほどねぇ。アレクの心を殺すことで、〈王盤〉での勝利を手にするなんて。さすがイヴといったところ——だけど、そんな素敵な策略を使ったということは、裏を返せば実力だけでは勝てなかったことを意味する。

もちろんさ、それでもイヴは王盤プレイヤーとして優れているよね。けど王子王女の中で、飛び抜けているわけじゃない。〈王盤〉で無双できるわけではないと」

「ご名答。さらにイヴいわく、あんたは王盤の真の実力を隠してきたそうだな。あんたの棋譜から読み取れるらしいぜ。【王位選争】での騙《だま》し討ちのため、公式戦での勝敗をコントロールしていたとか」

「ふぅーん、ノーコメントで。じゃ本題。なぜイヴは、〈競売〉を選ぶのかな？　どんな策略を張り巡らし、あたしを狩ろうというのさ？」

「〈戦争〉でクリストフ・コーディ同盟に勝利したあと、教えてもらったんだが。イ、ヴは、耳がい、い、そうだ。音を識別する能力、すなわち相対音感が優れている。だから――」

さらに説明しようとしたが、ジェシカが片手を挙げて制してきた。

「理解した。キミは、イヴが〈競売〉を間違いなく選ぶようにするんだよ。そうしたら、あたしも約束は守ろう。イヴの命だけは助けてあげるよ」

相対音感の話をしただけで、イヴの狙いが分かったというのか。さらにイヴの策略を逆手に取り、自らが勝利するための謀略まで閃《ひらめ》いたと。頭の回転が早い。

「ところで〈競売〉の単位は、通貨フォールでいいのかな？」

「単位については聞いてないが――〈競売〉なんだから、当然では？」

「それは先入観ってもんだよ……」

己の思考に沈んでいくジェシカに、おれは呼びかけた。

「長居しすぎて、この密会をイヴに気取られると厄介だ。もう行くぞ」

おれが窓の敷居《しきい》に片足をかけたとき、背後から第二王女の声が漂ってきた。

「エルバード君。間違っても、あたしを騙《だま》さないことだね。仮にイヴが、あたしに勝ってしまったらどうなるか。すぐさま弾劾投票が起きるだろうし、イヴを『続投』に導いてくれる親切なお姉さんはもういないのだからね。弾劾されたイヴに待っているのは、死のみ」

振り向くことなく答えた。

「言われるまでもない」

窓から庭へと飛び降り、闇の中を走りぬける。

2

翌日。おれとイヴは、中庭で昼食を食べていた。花壇の近くに飲食スペースがあり、テーブルと椅子が置かれてある。

ピーナツバターサンドに齧《かぶ》りつくイヴを眺めていたら、ジェシカが独りでやってきた。テーブルに腰かけて、おれのハムサンドを取り上げ、大きく一口食べる。いつからお前と、そんな親しくなったんだ？

「やぁやぁ、お二人さん。〈戦争〉には駆けつけられなくてゴメンね。お腹を壊してさ。生ガキが良くなかったねぇ。けど、イヴがクリストフに勝てるように祈っていたんだよ」

「感じていましたよ、お姉さま。お姉さまの祈りが、わたくしに力を与えてくれたのです」

なんという茶番。だがバカバカしくとも謝罪と赦しの『儀式』を行わなければ、次の段階には進めない。すなわち、直接対決には。

親愛の情を滲ませながら、ジェシカが言う。

「可愛《かわい》い妹のイヴ。キミに、《挑戦》してあげる」

イヴは親指についたピーナツバターを、ぺろりと舐《な》めた。

「急なお話ですね。わたくし、《決闘》では〈王盤〉を選んでしまいますよ？」

「いいんじゃないの、〈王盤〉。盤上で語り合おうよ、姉妹同士さ。もちろんさ、〈王盤〉でなくてもいいよ。キミが好きそうな知略ゲームでさ。国力の強いキミに選択権があるんだからね。あたしは、なんだって構わないわけだよ」

おれは花壇へと視線を投げた。色とりどりの花々が咲き乱れている。

イヴの答えは、この場にいる者には意外性の欠片《かけら》もなかった。

「では、〈競売〉にいたしましょう」

☆☆☆

〈競売〉では対戦するプレイヤーが、入札者と出品者を交互に行う。

順序は次のようになる。

まずコイントスで、入札者か出品者かを決める。出品者になった側は、第1回オークションにかける品を出す。

出品物については、所有権を証明できるものならば何でも良《い》い。ただし事前に運営委員に届け出る必要はあり、ものによっては禁じられることもある。たとえば拳銃などは許可されないだろう。

そして〈競売〉の特色とは、出品物の価値は勝敗に関係しない、ということ。

出品が終わったら、次の段階。

入札者は『入札数値』を、出品者は『落札防止数値』を決める。双方とも数値の上限はなし、下限が10だ。それぞれの手元にあるテンキー装置で入力する。

この〈競売〉、落札防止というオリジナルのシステムはあるが、ようは封印入札。入力の段階では、お互いの数値は分からない。

『入札数値』と『落札防止数値』が決定したとき、はじめてお互いの数値が明らかにされる。

このとき『入札数値』が『落札防止数値』を越えていれば、落札に成功。入札者の勝利となる。

一方、『落札防止数値』が上回っていれば、落札の防止に成功。出品物を守ったことになり、出品者の勝利だ。

また双方の数値が同じだった場合、やり直しとなる。

第1回のオークションが終わったら、入札者と出品者の役割を交換して、第2回オークションを行う。これで1ターン。

〈競売〉では、計3ターン（オークション回数は6回）が実施される。

勝利条件は、終了時に相手より多く落札していること。3ターン終了しても決着がついていなければ、延長戦。

注意するべきことが、次の2点。

まず『入札数値』と『落札防止数値』は、オークションの勝敗にかかわらず、必ず運営委員へと支払われることだ。

たとえば入札者の『入札数値』が200、出品者の『落札防止数値』が300とする。出品者は落札の防止に成功し、『落札防止数値』の300を運営委員に支払う。

一方、入札者は落札に失敗した挙句、『入札数値』200を、やはり運営委員に差し出させねばならない。

もう一点は、数値の単位を決めるのは《挑戦》を受けた側にあるということ。今回はイヴが決める。

通常なら〈競売〉という性質上、数値単位は通貨のフォールだろう。

その場合、〈競売〉が始まる前に、どれだけ資金を集められるかに勝敗がかかってくる。というのも〈競売〉に使われる軍資金に、上限はないからだ。唯一の条件は、その場で取引できること。単位が通貨ならば、現金だけが使用できる。

かつてアレクに《挑戦》するとき、イヴが〈戦争〉よりも〈競売〉を避けたかったのは、このためだ。あの時点で、イヴに準備できる軍資金はないに等しかった。そしてアレクは、単位をフォールにしただろう。

そして今、イヴが決定した単位とは——。

「数値単位は、ml（ミリリットル）です」

運営委員本部に移動し、正式な《挑戦》を受けたイヴ。《決闘》を〈競売〉に選択した上で、数値単位を指定した。

ジェシカは虚をつかれた様子で、

「ml？　なんの液体を使うのかな？」

無邪気ともいえる口調で、イヴは答える。

「血液ですよ、お姉さま。別の言い方をするならば、わたくしたちの生命です。生命量を使って、オークションを行いましょう」

「……血液」

このとき、あるひとつの可能性が、ジェシカの脳裏を駆け巡ったのではないか？　視線が虚空《こくう》を横切っていき、改めてイヴの上で留まった。その鋭さは、まるで岩を動かさずその裏に蠢《うごめ》く蟲《むし》を見通そうとでもするようだ。

「いいよ。面白そうだね、イヴ」

3

単位mlの正体が血液と判明し、運営委員会でひと悶着《もんちゃく》あった。一歩間違えれば、命にかかわる案件だからだ。

イヴはともかく、第二王女ジェシカの身に何かあったらどうするのか。〈まだら雲〉上層で話し合いが行われ、やがて結論が出された。

――許可する。

命が危ぶまれるまで血液を使ったということは、〈競売〉で敗北している可能性が高い。ならば、死亡するのは第二王女ではなく、追放された貴族の娘に過ぎない。問題はない。

かくして2時間後、教室棟の地下にあるオークションルームで、〈競売〉が行われることとなった。

ところで【王位選争】の愉快な点は、変なところで大らかなことだ。

たとえば〈競売〉だが――事前に開示されたルールから、〈競売〉には数値入力のため専用テンキー装置が使われることは分かった。

転入してからしばらくして、イヴがある思いつきを口にした。このテンキー装置のメーカーと型番を知ることはできないかと。

方法はシンプル。運営委員会に、正式な文書で問い合わせる。ダメ元で試したところ、翌朝には求めた情報の記された書類が届いていた。この情報をもとに、〈競売〉で使われるのとまったく同じテンキー装置を購入。とくに高い買い物でもなかったので。

外部から届く荷物には、まず運営委員の検閲が行われる。そこもクリアして、イヴの手元に届いた。

さっそくテンキーを操作して、気づいたのは数字を入力するたび、クリック音が鳴ること。しかも数字ごとに、クリック音が僅かに異なる。常人の聴覚では聞き分けられないだろうが、諜報員《ちょうほう》として訓練を受けたおれには分かった。

驚いたのは、イヴにも聞き分けられたことだ。「わたくし、相対音感には自信がありますので」とのこと。

数字ごとでクリック音が違うのならば、対戦相手がどの数字を入力したか聞き分けられるのでは。問題は、たとえば『5』のクリック音は、全てのテンキー装置で同じなのかということ。

さっそくもう一台、同型番のテンキー装置を購入。二台のテンキー装置で、同じ数字のクリック音を聴き比べてみた。

結論はテンキー装置が違えば、『5』のクリック音も異なるというもの。

ただし〈競売〉が始まってから、対戦相手のクリック音を取得していくことは可能だ。

対戦相手が初回オークションで、『1234』と入力したとしよう。入力数値は各オークションの勝敗をつけるとき、明らかにされる。よって対戦相手の『1, 2, 3, 4』のクリック音が分かったということだ。

次のオークションからは、対戦相手が入力する数値の5分の2を把握していることになる。

こうして敵の数値情報を取得していけば、〈競売〉を有利に進められるわけだ。

これが前夜ジェシカに教えた、イヴの秘策。

ただしこの秘策、ある条件が整うと相殺《そうさい》される。

対戦相手もまた、クリック音を聞き分けられる『超人的な相対音感』を有している場合だ。

ジェシカこそが、まさしくこの相殺《そうさい》する者なのではないだろうか。

その上で、イヴを嵌《は》めるための策略まで用意しているとしたら？

☆☆☆

オークションルームに降りると、すでにジェシカは待っていた。守護者の姿はない。おそらくジェシカにとって、守護者は飾りなのだろう。裏切られる心配もないわけか。

室内は無機質で、〈ウォッチメイカー〉の拷問室を想起させられた。

中央にテーブルがあり、左右に椅子が一脚ずつ。専用テンキー装置も、テーブル左右に一機ずつ取り付けられてある。対戦相手からの覗《のぞ》き見《み》を阻止するため、小さな衝立《ついたて》がテンキー装置を半円に囲んでいた。

椅子の後ろにも、それぞれ扉がある。この扉の向こうには、プレイヤーの全出品物が運び込まれてある。

いやイヴの場合、まだ出品物の全ては運び込まれていないが……

席につく前に、おれとイヴに対して運営委員からの身体検査があった。イカサマ道具の持ち込みを封じるためか。すでにジェシカへの検査は終わっているようだな。

イヴが腰かけ、おれはその後ろに立つ。守護者の定位置で、ここから動くと反則となる。座っているより視点は高いが、衝立《ついたて》があるためジェシカのテンキー装置はやはり見えない。

さて、復習しておくか。

〈競売〉は、3ターン制。よって入札者が3回、出品者（落札防止側）が3回まわってくる。

〈競売〉の勝者となるためには、入札者、出品者は関係なく、4回勝つしかない。

たとえば『落札』成功が1回しかなくとも、『落札防止』を3回成功すれば良いわけだ。とにかく、4回の勝利。

裏を返せば、4回だけ勝負に出るというのもあり。残り2回は、下限数値の10入力で、捨てても良い。

何といっても支払いに使われるのが、血液だ。無駄遣いはできない。

学園敷地《しきち》内には、医療棟がある。そこから看護師が二人、やってきた。イヴとジェシカから支払い時の血液を採るために。彼らがキャスター付きの台にのせてきたのは、採血のための道具一式（注射器、採血針、駆血帯など）。血液を賭けるという異常性を、改めて実感させるな。

問題は、どれくらいまでならば血液量を差し出すことができるのか。

体重１kgあたりで、女性の血液量は約70ml。

全血液量の20％を短時間で失えば、出血性ショックに陥るとみてよい。30％を失えば、生命にかかわる。40～50％に至れば、確実に心停止。

デッドラインは30％、限界の限界までいっても35％だろう。いや望ましいのは、20％以内で決着をつけることだが――。

イヴは身長１４７センチで、体重38キロ。全血液量は、約２６６０mlか。

よって出血性ショックライン（20％出血）が５３２ml。デッドライン（30％出血）が７９８ml。

対するジェシカのデッドラインは？

第二王女は、身長１６０センチくらいか。すると体重は、47キロ前後。よって全血液量が、約３２９０ml。出血性ショックライン（20％出血）が６５８ml。デッドライン（30％出血）が９８７ml。

つまり、ジェシカのほうが差し出せる血液量は多く、断然有利ということだ。当然、イヴも血液を使えば自分が不利になると、分かってはいた。だが――。

とにかく、どこでどれくらい血液量を賭けるかは重要。生命の問題でもあるし、同時に〈競売〉にはもうひとつ『破産《ゲームオーバー》』というルールがあるため。

『破産』とはその名の通り、支払い不可能になった時点で、その者の敗北とするルール。単位がフォールだったならば、軍資金が底をついたときだろう。

ただ今回は、血液量を支払うという、特異なルール。

事前の話し合いの結果、プレイヤーが続行不可能となったときを『破産』にすると認定。たとえば落札に成功したとしても、そのために支払う血液量を抜いたとたん意識を失ったり、心停止したりすれば『破産』となる。

だからこのゲームは、こうもいえるわけだ。可能な限り自分の血液量を温存しながら、対戦相手の血液量を搾り取る騙《だま》し合いと。

運営委員によるコイントス──「わたくしは表でよろしいでしょうか?」「いいよ。じゃ、あたしは裏だね」

コインは表だった。イヴから入札者だ。

第1回オークション開始。

出品者となったジェシカの後ろの扉が開き、運営委員によって出品物が運ばれてきた。〈競売〉というゲーム、少なくともルール上では、出品物は何でも構わない。極端な話、私用済みの鼻紙でもいいわけだが。

ジェシカの出品物は、骨董品《こっとう》のミシン機だった。

「女の奴隷にとっては、これが必需品じゃないのかな。あたしは各奴隷に一台、ミシン機を贈りたいわけだよ。どう思うかな、イヴちゃん？」

序盤から、軽く挑発か。〈競売〉の出品物には、こういう使い方もあるのだな。

続いて、入札者は入札量を、出品者は落札防止量を入力する時間だ。入力可能な時間は、3分。

初回なので、ジェシカのクリック音の情報は皆無。まずは単純な不完全情報ゲームだな。

ところで入力数値は、必ず三桁を打ち込む。たとえば入力数値を『10』にしたいときは、まず『0』を打ちこみ、『010』とする。

ただ、『0』のクリック音が分かってしまえば、相手が初めに『0』を打ち込んだかどうかで、数値が二桁か三桁か読めてしまうがね。

これは運営委員会の不手際《ふてぎわ》というより、このテンキーのクリック音を聞き分けられる聴覚の持ち主を想定しろ、というのが無茶な話だろう。

イヴは入札量を、『012』とした。

なるほどね。まずイヴが、1ターン目から勝負に出ることはない。1ターン目は、ジェシカのクリック音の情報を取得することに徹するだろう。

それでも下限数値『010』にしなかったのは、イヴらしい。

序盤なので、ジェシカも勝負に出ない確率は高い。その上でジェシカが、〔イヴも勝負に出ないのでは？〕と読んできたらどうなるか。

ジェシカはこう思考を進めるはずだ。

〔その場合、イヴが打ち込むのは下限の『010』だろう。よってこちらが『011』を打ち込めば、最小限の血液量で貴重な勝利を収められる〕と。

この戦略をジェシカが取ってきたとき、イヴの『012』こそが最小限の血液量で勝利できる数値となる。

イヴの入力を聞き届けて、ジェシカも数字を入力する。

そのクリック音を、おれは記憶に収めた。

意外だったのは、ジェシカから事前に何も指示がなかったことか。てっきり、イヴの入力数値を合図で教えろ、などと命じてくると思ったが。

おそらく勝負どころで、嘘《うそ》の情報を教えられるのを懸念《けねん》したのだな。まだそこまで、おれのことを信用していないということか。

何より、ジェシカも自分の『聴覚』に自信があるのだろう。

予想通り、ジェシカにも『超人的な相対音感』があるとどうなるのか。この〈競売〉は、ゲームが進めば進むほど、完全情報ゲームへと近づいていく。

入札量と落札防止量が決まったことで、第１回オークションの勝敗が明かされる。テーブル中央から画面が現れた。そこに、お互いが入力した数値が表示されるのだ。

第1回オークションの結果は――。

イヴ――入札量『012ml』。

ジェシカ――落札防止量『103ml』。

ほう。この落札防止の数値だけを見ると、ジェシカの戦略が『全て100前後を入力』に見えてしまうな。

こういうことだ。『対戦相手はオークション6回のうち、4回しか勝負して来ない』と推測する。その上で『全て100前後を入力』するなら、2回は確実に勝てる。残り4回の戦いでも、『全て100前後を入力』を続けていれば、半分は勝てるだろうと。

ジェシカの場合、100ml前後を6回採血されても、出血性ショックラインの658ml未満で済む。

ただイヴがクリック音を聞き分けられる以上、そんな戦略は自滅行為。そしてジェシカも、そのことはよく分かっているわけだが。

とはいえ、〔イヴは初回からは勝負に出ない〕と読んでの、103mlだったのは確か。

ただ不可解なのは、なぜ一桁目を『3』にしたのか。イヴが勝負に出ない、という前提なら、落札防止量は『100ml』でも良かったはず。それならばイヴに伝わるクリック音の情報を、『1』と『0』で収められたのに。

までよ。ジェシカは次のように考えたのか。

〔万が一、イヴも裏をかいて勝負に出たとしたら？　とはいえ序盤から、三桁目が『2』以上は考えられない。三桁目は、『1』だろう。

その上で、イヴは全て異なる数字を入力してきた。3種類のクリック音から、そうと分かる。『111』や『101』のように、『1』が二度使われてはいない。となると、『123』や『156』など候補は多数。

ただここは思い切って、二桁目を『0』と読んでみよう。

すると候補は、『102〜109』まで絞れる。『100』や『101』でなかったのは、『100と打ち込むだろうと読まれて、101と打ち込まれた場合』に備えたのでは？

ならば、イヴは『102』。こちらは、それを上回る『103』でいくとしよう〕

と、こんな思考をジェシカは、辿《たど》ったのではないだろうか。

実際のところ、イヴは『012』だった。ジェシカは『013』でも勝てたところを、『103』も支払うわけだ。ただ落札防止に成功したのも、事実。

この結果が、今後どう響いてくるのか——。

落札防止に成功した品は、出品者のもとに戻る。

出品物だったミシン機を、ジェシカは邪魔そうに手で払った。床に落ちたミシン機は、古かったこともありバラバラに壊れる。

「おや失礼」

屈《かが》みこんだジェシカが、ミシン機の残骸を一か所に集め出す。運営委員が箒《ほうき》と塵取《ちりと》りを持って、慌てて掃除にきた。

思いがけない中断があったが、〈競売〉再開。

次のオークションが行われる前に、双方とも血液量が支払われる。

看護師が担当の王女のもとに歩み寄り、左腕に駆血帯を巻く。浮き出た肘正中皮静脈へと採血針が差し込まれる。イヴは12 ml、ジェシカからは103 ml。採られた血液は、〈競売〉後の自己血輸血のため、ちゃんと保管される。

第2オークション開始。

イヴの出品物は、売店で買ったマシュマロ30個入り。

「ホットココアに入れると、美味《おい》しさ倍増です」

今回も、先に数字を入力したのはイヴだった。ただし面白い試みとともに。『0』と『1』のスイッチを同時に押し、クリック音を二重奏にさせたのだ。

イヴの手元の入力画面を見る。『01―』となっていた。微妙に『0』のほうが先に押されていたわけか。ちなみにこの数字入力、取り消し機能はない。

イヴは人差し指をゆっくりとおろして、『2』を押す。

それを合図にしたかのように、ジェシカが素早く数字を入力。クリック音からして、使われた数字は前回と同じ。ただし並びが異なるが。

第2回オークションの結果は――

イヴ――落札防止量『012ml』。

ジェシカ――入札量『013ml』。

ジェシカの二連勝か。しかも今回は、ほとんど血液量を差し出していない。にしても、いまの迷いのない入力の仕方は――重なり合った『0』と『1』のクリック音で、どちらが先だったか聞き分けたというのか。おれでさえもそこまで出来なかったのに。

「ではお姉さま、落札されたマシュマロをどうぞ」

イヴがマシュマロ30個入りを差し出そうとした。ところが運営委員が横から取り上げてしまう。

「あら？」

呆《あき》れた様子で、ジェシカが説明した。

「〈競売〉のルールを隅まで読むんだね、イヴ。落札を防止した品は、出品者の手元に戻る。一方で落札した品は、運営委員が預かる決まり。たとえば、いまのマシュマロに毒物が混入しているかもしれないからねぇ。念のためチェックするというわけだよ」

「ご教授に感謝いたします、お姉さま。大切ですよね、そういう些末なことって」

血液量の支払いタイム。

採血されながら、イヴは語りかける。

「ところでお姉さま。先ほどのオークションで確信できました。あなたは、クリック音を聞き分けられるのですね？　超人的な相対音感をお持ちだ」

「キミも同じものを持っているみたいじゃないか。やれやれ。オークションの回数を重ねるほどに、相手の入力数値が推測できるようになるわけだ。〈競売〉の本質が変容してしまうね？」

「さて、どうでしょうね？」

第3回オークションの開始。

ジェシカの出品物は、またも骨董品《こっとう》。今回は焼《や》き鏝《ごて》だった。

「説明させてね、可愛《かわい》い妹。これは55年前の法改正まで、実際に使われていた焼《や》き鏝《ごて》。奴隷に焼き印を押すためのね。キミの祖父母は、焼き印があったんじゃないかなぁ？」

性悪な挑発を繰り返す第二王女。

美術品でも眺めるようなイヴ。それから、ゆったりとした動作で数値を入力していく。

『244』と。

「お姉さまから頂いた焼《や》き鏝《ごて》は、家宝になるでしょう。是非とも頂きたいですね」

整理しよう。いまの時点で、ジェシカに知られているクリック音は『0，1，2』のみ。よってクリック音から、ジェシカが理解できたのは『2??』となる。

ジェシカは腕組みして、背もたれに勢いよく体重をかけた。椅子の後ろ脚だけでバランスを取りながら、愉《たの》しそうに言う。

「中途半端《ちゅうとはんぱ》な攻めだね、イヴ。本音だと、あんまり焼き鏝《ごて》は欲しくなかったのかな？『2』のクリック音を知られているのに、キミはあえて三桁目に打ち込んできた。その上で、二桁目と一桁目だ。同じクリック音で、初めて入力した数字。よって候補は、『233、244、255、266、277、288、299』。

つまり、あたしに挑戦しているわけだね？　確実に落札防止をしたかったら、『300』を打ち込みなよと。そうしたらキミは負けるけど、あたしから300ml絞り出すことができる。けどこの戦略だと、『299』とか『288』はありえない。失う血液量があたしとさほど変わらない上に、今回のオークションに負けちゃうからね。

とすると、最も少ない血液量だ。キミは『233』にしたはず。ならあたしは『234』にしよう。これで、あたしの三勝目だねぇ」

これは、イヴの策略勝ちか？

数字を入力するジェシカ。

しかし、おかしい。『3』はすでに聞いたクリック音だが、いまは打ち込まれなかった。また二桁目と一桁目は、初めて聞く、同じクリック音だ。入力されたのは、『234』ではない。

第3回オークションの結果は――

イヴ――入札量『244ml』。

ジェシカ――落札防止量『255ml』。

イヴの狙いが、完璧に読み切られていたということか。

これでジェシカは、オークション3勝目――すなわち〈競売〉そのものの勝利まで、リーチだ。

対するイヴは、244ml も失いながら、またも勝利を逃した。

「たいしたことないなぁ、妹ちゃん。アレクとかクリストフとか、キミがこれまで倒してきたのは雑魚《ざこ》ばかり。そりゃあね、クリストフ程度だったら、まんまと引っかけることができただろうけどね。あたしは、第二王女。これまでの下位の王子とは格が違うんだよ」

今ばかりは、ジェシカに反論できないな。

ただ一つだけ疑問点が残った。なぜジェシカは、『255』と打ち込んだのか？　イヴの入札量を『244』と読んだのなら、『245』で良かったはず。

血液量が支払われる。

第3回オークションまでで、イヴの失った血液量は268ml。ここにきて出血性ショックラインの532mlまで、一気に近づいてしまった。

「大丈夫か、イヴ？」

採血を終えたイヴは、少しぐったりした様子。

「……カイさん。なぜジェシカお姉さまは、わたくしの武器が相対音感であることを知っていたのでしょう？」

「なんだって？　それは君と同じで、〈競売〉をやる中で探り当てたんだろうさ」

「そうでしょうか？　ジェシカお姉さまは、〈競売〉が始まる前から知っていたようですが？

そう、まるで誰かから密告でもあったように」

「……おれを疑っているのか？」

「いえ、別に」

視界の片隅で、ジェシカがにやにや笑っていやがる。

ジェシカの第3回オークションまでの出血量は、371ml。イヴよりも多い量だ。だがすでに3勝している上に、もともとの総血液量が違う。これが大きい。

イヴの場合、『出血性ショックライン532ml－失われた血液量268ml』で、ライン越えまで残り264ml。

対するジェシカは、『出血性ショックライン658ml－失われた血液量371ml』で、ライン越えまで287ml。

イヴのほうが、余裕がないのだ。

第4回オークション開始。イヴの出品物は、マシュマロ50個入り。

開始とほとんど同時に、ジェシカが数字を入力してきた。速い。すでに入力数字は決めてあったのか。あえて先手でクリック音を聞かせてきたことも、策略のうちというわけか。

そのクリック音は、『?.00』。三桁目だけが、初めてのクリック音だった。

考えてみよう。第3回オークションまでに、ジェシカは次の数字のクリック音を明らかにしている。『0，1，2，3，5』を。

よって明かされていない『?』は、『4，6，7，8，9』のいずれか。

……バカな。一番小さい『4』でも、失われる出血量は400mlだ。トータルでの出血量が、一気に771mlになるぞ。出血性ショックラインを余裕で越えてくる。

おれの驚いた表情に気づいたのか、ジェシカが小ばかにしたように言う。

「最初から、出血性ショックライン未満で勝とうなんて思っちゃいないよ。ねぇ、イヴ?」

ここで勝つためには、イヴは『401』を入力するしかない。そうなればトータル出血量は、669ml。出血性ショックラインを大きく越えることになる。まだデッドラインにこそ達しないとはいえ、危険すぎる。

ふいにイヴが、心から愉快そうに笑いだす。

「あぁ、お姉さま。妹のことは、もっと可愛《かわい》がるものですよ」

そうしてイヴが打ち込んだ数字を見て、おれは心から驚愕《きょうがく》した。まさか――。

第4回オークションの結果は――。

イヴ――落札防止量『601ml』。

ジェシカ――入札量『600ml』。

『4』ではなく、『6』だったのか。

そうか。第3回オークションで、ジェシカが『245』ではなく『255』と入力したのは、このためか。『4』のクリック音を、隠しておきたかった。ここで『400』と思わせ、勝負の『600』でイヴを討つために。

しかしイヴは、ジェシカの策略を読み切った。

——いや、まて。読み切ったとしても、これは地獄だぞ。

ジェシカなら、まだセーフなんだ。これまでの出血量371mlに、さらに600mlを失ったとしても。トータル出血量は971ml。デッドラインの987mlを、紙一重で越えていない。踏みとどまる。

一方のイヴは違う、デッドラインを踏み越えていく。

すでに268mlも失った上に、さらに601mlも取られたら。トータル出血量は、869ml。デッドラインの798mlを、71mlも超えることになる。

おれはイヴの肩をつかんだ。やめさせなければ——

だがイヴは言うのだ。迷いのない、透き通った声音で。

「931mlですよ、カイさん」

「なんだって？」

「わたくしの全血液量は約2660ml——その35％の出血量は、931mlです」

確かにデッドラインは、厳密には30～35％ではあるが。

「……最後まで行くんだな、イヴ？」

こちらを見上げたイヴの、エメラルドグリーンの瞳を覗《のぞ》き込《こ》む。そのとき気づいてしまった。恐ろしいことだが――イヴは……。

「ええ――」

そう答えるイヴは、素っ気なかった。ジェシカと視線があう。すでに勝利を確信した表情。いや、次の一手に絶大な確信を抱いているということか？

双方の王女から、血液量が支払われる。

新たに６０１mlを抜き取った影響は、すぐに現れた。イヴの皮膚は吸血鬼のように蒼白《あおじろ》くなり、酸素が足りないように息苦しそうだ。早期に回復させなければ、多臓器不全を起こしてしまう。決着を――早く決着をつけなければ。

ジェシカもまた出血性ショックのため、苦しそうだ。うつろな目で、じっと手元を凝視している。両手が震えているのだろうか？　ここからでは衝立《ついたて》のため、ジェシカの手元は見えない。

おれの視線に気づいたのか、ジェシカがゆっくりと顔を上げた。くちびるが笑みを形作る。

「さぁ……終わらせようかな？」

第５回オークション開始。ジェシカの出品物は、いつも彼女がくわえているのと同じ棒付きキャンディ。

今回も、先に数字を入力したのはジェシカだった。そのクリック音から読み取れた落札防止量とは――

『100』。

この場面で、ジェシカもデッドラインを越えてくるつもりか。それよりイヴだ。落札するためには、『101』と打ち込むしかない。

すると失われる総出血量は、970ml。完全なるデッドラインである931mlさえも、上回ってしまう。

この女、イヴを殺す気か。

「あたしのお気に入りは、メロン味でね……イヴ。キミを踏みつけにして、勝利の満足感とともにこのキャンディを舐《な》めさせてもらうとしようかな……おやぁ？」

ジェシカの瞳に残酷な歓《よろこ》びが輝いた。

そんな。ジェシカに意識を取られていたため、気づくのが遅れてしまった。

「イヴ！」

その顔を覗《のぞ》き込《こ》みながら、肩を軽くゆすった。だがイヴの視線は、力なく虚無を見つめているばかりだ。出血性ショックの症状のひとつ、虚脱状態。意識混濁と認定されれば、イヴの『破産』となる。敗北だ。

ジェシカがけらけらと笑う。

「なぁんだ。この程度だったというわけだねぇ、イヴ。けど、あたしはちょっと不完全燃焼かなぁ」

まさか。そんなはずがない——イヴが、こんなところで——。

瞬間。

何が起きたか、すぐには理解できなかった。イヴの吐息が感じられる。そして彼女のくちびると舌の感触が。呆然《ぼうぜん》としていると下唇を思い切り嚙《か》まれた。口の中に鉄の味が広がる。流れでたおれの血をすすってから、イヴがくちびるをはなす。

ジェシカへと向き直ったイヴは、爽やかな朝を迎えましたね、という表情。

「はい、お待たせしました」

「はぁ？　なに復活してんの？　訳が分かんないんだけど」

理解が追いつかないという点では、おれもジェシカに同感だ。唯一の解釈は、イヴが自らに施したということ。一種のショック療法を。

「お姉さま、ちゃんと勝利の美酒に酔いしれましたか？　たとえ幻の勝利だとしても、味はしたでしょう？　良かったですね。これからあなたが真に味わうことになるのは、敗北の苦いにがーい味なのですからね」

指先につかんでいた棒付きキャンディを投げるように戻しながらも、ジェシカは悠然とほほ笑みを浮かべる。

「あのねぇ、愚妹ちゃん。キミがあたしを討つためには、自殺覚悟で『101』と打ち込むし

かないんだけどね？」

「現在、お姉さまは971mlの血液を抜かれていますね。あなたが想定しているデッドライン

は、総血液量30％の987mlでしょう。

ここでさらに100mlも失ってしまっては、デッドラインを一気に越えることになります

よ？　しかも、わたくしが『101』を打ち込めば、お姉さまは無駄に100mlを失うだけ。

果たしてお姉さまが、そんな無謀なことをされるでしょうか？」

「バッカだなぁ。あたしにとっては、どっちでも必勝パターンなんだけどね。キミがひよって

『101』を打ち込めなければ、あたしの落札防止が成功。4勝が確定するので、あたしが

〈競売〉の勝者となる。

またはキミが命をかけて、『101』を打ったとしよう。だけど断言するね。その華奢《きゃしゃ》な

身体《からだ》から、さらに101mlも血を抜いたら、死ぬ。キミは死ぬ。惨《みじ》めに痙攣《けいれん》しながら、白目を

むいて死んじゃうわけ。『破産』ということで、やっぱりあたしが勝者」

勝利宣言するジェシカに、イヴは憐《あわ》れみの眼差《まなざ》しを向ける。

「お姉さま。あなたの底は、もうとっくに見えていますよ。あなたはデッドラインを越えられ

る人間ではない。死線ギリギリまで歩んでいき、得意げな顔をすることはできても。

ですから、わたくしが勝利をつかむ入札量とは――」

イヴが数字を打ち込む。ゆっくりと確実に。

『012』と。

どういうことだ？　ジェシカが打ち込んだのは、『100』だった。クリック音から確実だ。とくに『0』と『1』は、これまで何度も聞いたクリック音なのだから間違えるはずがない。

まてよ。ジェシカが数字を入力したとき、イヴは出血性ショックの影響で、聴覚が鈍っていたのではないか。だからクリック音を聞き間違えて……

第5回オークションの結果――

イヴ――入札量『012』。

ジェシカ――落札防止量『011』。

「お姉さま、あなたは『010』と打ち込むべきでしたね。それならば、わたくしは迷ったかもしれません。お姉さまは本気なのかもと。

しかし、あなたは確実性に走り過ぎた。怯《ひる》んだわたくしが『010』と打ち込んでしまうことに、どうしても備えてしまった。だからお姉さまは、『011』と打ち込むしかなかったのです」

まてよ、イヴが指摘していることは――

「そうか！　ジェシカの『0』と『1』は、入れ替わっていたのか！」

ジェシカのとった策略とは――

まず何らかの方法で、『0』と『1』のクリック音を入れ替える。その上で、『011』と打ち込む。クリック音は入れ替わっているので、おれとイヴの耳には『100』と聞こえてしまう。

これだったのか、ジェシカが温存していたイカサマとは。

イヴが『超人的な相対音感』でクリック音を聞き分けられる、と知っているからこそ仕込む価値のあるイカサマ。

だがこのイカサマは、一度しか使えない。やり直しとなってしまっては、『0』と『1』のクリック音の入れ替えが明らかになる。

弱気になったイヴが下限の『010』を打ち込んできたときに備えて、『011』と入力するのが最善。しかし最善すぎたため、イヴに小細工を見破られたというわけか。

採血されながら、イヴは手口を語る。

「お姉さま。〈競売〉のテンキー装置には、メカニカルスイッチが採用されています。つまりキースイッチが独立しているため、ちょっとした工作用ツールがあれば取り外すことができるのです。クリック音はスイッチが発するので、『0』と『1』のはめ込み位置を交換することにより、『011』を『100』に化かすことができたのですね」

なるほど。だが『ちょっとした工作用ツール』は、どこから出てきた？

〈競売〉ではイカサマ道具の持ち込みを禁じるため、身体検査が徹底された。ジェシカも例外ではない。イカサマ道具をこっそりと持ち込めたはずがない――いや、違うのか。

ここは逆転の発想だ。隠して持ち込めないのならば、堂々と持ち込めばいい。

出品物として。

落札した相手の出品物は、運営委員が預かる。一方、落札防止に成功した自分の出品物は、自分のもとに戻ってくる。

〈競売〉のルールには、『落札防止に成功した己の出品物の使用を禁ずる』とは明記されていない。

とはいえ、丸わかりに工作ツールなどを出品しようとしたら、さすがに出品物リストを提出した時点で、運営委員から止められたはず。いや仮に出品物としてOKが出ても、イヴに狙いを見抜かれることは必至。だから隠した。

第1回オークションの出品物、ミシン機の部品として。

それと分からず、かつ工作ツールの代用ができる部品を埋め込んでおいたわけか。床に落として壊したのも、バラバラにして目当ての部品を外部に出すため。片付けるフリをして、その部品を回収し、ポケットにでも隠した。

どうりで初回から、『103』という大きい数字を入力してきたわけだ。間違っても、イヴに落札されるわけにはいかなかった。せっかく仕込んだイカサマ道具が無駄になるからな。

では、いつ『0』と『1』のキースイッチを入れ替えたのか？

もちろん、第4回と第5回の間だ。600mlの血を抜かれたジェシカは、うつろな眼差《まなざ》しを手元に向けていた。

否、そう演じていた。実際は、仕込みのイカサマ道具を使い、キースイッチを入れ替えていたのか。衝立《ついたて》があるため、その作業もこちらからは見えなかった。

運営委員は気づいていたはずだが、使われているのが出品物の一部である以上、違反ではない。『キースイッチを交換してはいけない』とも明記されていないし（テンキー装置自体を破壊しているわけではないので）。

ついでに言えば、ジェシカが奴隷とミシン機を絡《から》めて挑発してきたのも、真の目的を気取らせないためのミスリードだったと。

見事、見事……

つい笑ってしまった。

「とんだ安っぽい策略だったな！」

ジェシカの鋭い視線が飛んでくる。

「なんてったのかな、イヴの飼い犬くん？」

「だってそうだろ？　イカサマ自体は見事。手が込んでいるし、クリック音の入れ替えとは盲点ともいえた。だが、必要だったか？

あんたには必勝の流れがあった。デッドラインを踏み越えるだけで、良かったんだ。真に

『100』と打ち込めば、イヴを討てただろう。ところが、あんたは怯《ひる》んでしまった。使う必要のなかったイカサマに走るしかなかった」

　ふいにジェシカから滲《にじ》みだしてきた感情は——淀《よど》んだ退屈さ。

　そのとき、おれはある可能性に気づいた。イカサマ策を選択したのは、デッドラインを越えることを恐れたのではなく、もっと単純な理由なのではないかと。ようは、イヴという好敵手をまんまと騙《だま》してやりたかった。なぜならジェシカという人間は——

「お遊びは、これでお終《しま》いだよ。あたしがリーチなのは変わらない。だいたいね、エルバード君。キミも調子に乗り過ぎだよ。昨夜、イヴを裏切る相談をしてきたくせにねぇ」

「ほう。カイさんが、わたくしを裏切ろうとしたと——？」

　イヴがちらっとおれを見上げてから、涼やかに笑いだす。草原ではしゃぐ小さな女の子のように穢《けが》れなく。

「……イヴ。何がぁ、面白いのかな？」

「いえ申し訳ございません、お姉さま。策士策に溺れる、をここまで晴れやかに演じていただけるとは、思いもよらず」

　イヴの示唆していることを、ジェシカは充分に理解しただろう。

「そんなことは、ありえない」

「そうでしょうか？　お姉さまの性格でしたら、夜中にいきなり訪ねてきて『裏切りの相談』

をされても、簡単に信じることはないでしょう。カイさんが『裏切り』を演じているだけでは、と疑うはずです。

ところが実際は、お姉さまはあっさりと信じている。なぜか？　単純なことですね。あなたには仕掛けがあった。しかし——ふむ。まぁ、続きはあとで。

さぁ、『最後のオークション』を始めましょうか」

イヴの誘いかけに、ジェシカは嘲笑で応える。

「必死にお喋《しゃべ》りして虚勢を張っているようだけど、失われた血の影響は明らかに出ているようだね。『最後のオークション』？　間違ってはいないよ。第6回オークションで、あたしが勝つのだから。けど、キミは自分が勝つ気でいる。それなら最後にはならない。なぜならキミの勝ちは、まだ2勝だからね。ここで勝っても、延長戦に入るだけ」

「いいえ、お姉さま。これが、最期ですよ。そして〈競売〉の勝者となるのは、このわたくしです」

「血が足りないと、こんなに頭が悪くなるんだねぇ」

第6回オークションが開始。

おれとイヴの背後にある扉が開き、最後の出品物が運ばれてくる。これまでの出品物とは桁違いの重量級。500キロの代物が、油圧式の台車に載せられてきた。

ただし、いまはまだ暗幕で覆われているため、ジェシカからは出品物の正体が分からない。

「イヴ、イヴ。キミは、何をもったいぶっているのかな？　この〈競売〉において、出品物はなんでもいい。キミの抉《えぐ》り出《だ》した心臓だろうとも、干からびたゴキブリの死骸だろうとも」

「それが、お姉さまの敗因ですね。〈競売〉では、出品物はなんでも良《い》いなんて。あなたは、このゲームの最も面白い点を理解できなかった」

「はぁ？」

イヴの両手がいまあるのは、両膝の上。ジェシカからは見えない位置。なぜなら、両手の震えを止められないでいるから。出血性ショックの影響は、一秒ごとにイヴの身体《からだ》を蝕《むしば》んでいる。早々に決着をつけるべきだ。

だが、イヴはそれを望まない。勝ちかたにこだわりがあるのではない。そうではなくて、これは――

目の前の好敵手に、敬意を表しているのだ。

「最後のオークションが始まる前に、お姉さま、ひとつ質問しても構いませんか？　とても大切なことなのです」

「質問だけなら聞こうじゃないか」

「ありがとうございます。ただこれは姉妹のお話。運営委員の方は、退出してください」

困惑した運営委員たちが、ジェシカへと視線を向ける。〈競売〉中は公平な立場とはいえ、ルール外のことについては、第二王女の指示を優先するわけだな。

面倒そうにジェシカが片手を振る。運営委員たちが頭を下げてから、退出した。

「カイさん、室内に盗聴器の類はありませんか？」

入室したとき目視で確認はしたが、今回は這《は》いずり回《まわ》って確かめる。

「ない。いまこの室内で明かされる情報が、外に漏れることはない」

「では安心して、お尋ねしましょう、お姉さま――」

それから、お菓子の感想でも尋ねるような口調で、

「あなた、誰ですか？」

4

イヴは語り出した。

ゆったりとした口調で、まるでせせらぎのように。

「あなたは、第一手から間違えていましたよ。わたくしがアレクを潰して早々に、同盟を結ぼうとするなんて。あなたは奴隷を憎んでいるはず。お母さまを奴隷たちに殺されたのですから。

それでも、わたくしを同盟相手に選んできた。

確かに次のようにも解釈できます。『奴隷の王女を利用して、最終的には切り捨てる。それこそが奴隷への復讐《ふくしゅう》。だから今は、あえて手を結んだ』と。アレクを王盤で負かしたことで、それ

わたくしの利用価値は高まったでしょうし。ただ、やはり早すぎる。何かを急いでいるように、焦《あせ》っているようにも見えましたよ」

ふいに語りの流れが変わる。だが安心して耳を傾けていればいい。行きつくところに変わりはないのだから。

「ところで――わたくし、とある伝手《つて》からあなたの供述書を得、拝読しました。〈ナーダ〉に囚《とら》われていた、8日間の証言です。俗にいう『空白の8日間』ですね。よくぞ生きのびてくださいました、お姉さま。ただ残念ながら、お母さまはお命を落とされた。

白い狼《おおかみ》――とは、お母さまのことなのですね？ 衰弱されていくのを見届けさせられた。地獄のような経験に耐えるため、お姉さまは記憶を歪《ゆが》めざるをえなかったのです。わたくし、感情移入しすぎて涙を流してしまいました。

そして涙を拭いながら、不思議に思ったのです。なぜ、あなたのお母さまは――すなわち、キャリー・レイクロウトの遺体は、のちに溶解液に浸《つ》けられていたのだろうと。〈ナーダ〉の目的は、何だったのでしょう？ 死体を隠蔽したかったとか？

ですが、お姉さまが逃走したのですよ。お姉さまの証言があれば、たとえ死体を完全に溶かしていても、隠蔽とはならない。どうせ奴隷たちに裁判など開かれませんしね。それなのにアジトを引き払うさい、わざわざ死体を溶かした理由とはなんなのでしょう？ それも原型は留《とど》めている程度に。なんという中途《ちゆうと》半端《はんぱ》さでしょうか？

ですが、こう考えるとしっくり来るのです。真の目的とは、死体を損壊することだったと。貴族の死体を辱《はずかし》めるため？　いえ、もっと実利的な理由ですよ。それは死因を隠蔽するため、さらに死亡推定時刻を特定させないため。

そうなのです。キャリー・レイクロウトは衰弱死したのではなく、おそらく拉致されて早々に殺害されていた。それを隠蔽するためにこそ、死体を半分も溶かす必要があった。そう考えると、全てがしっくりくるではないですか。

ですが、おかしいですね。白い狼《おおかみ》は、8日目に衰弱死したはず。すると白い狼《おおかみ》とは、お母さまのことではなかった？　いえいえ、解釈は正しいのです。白い狼《おおかみ》は、お母さま以外にありえない。そういう文脈だ。ただ根本が違うのです。現実に起きたことではない。

全てが作り話なのです。

お姉さま。あなたは囚《とら》われてもいなかったし、キャリー・レイクロウトが死ぬところさえ見てもいなかったのです。素晴らしいのは、この作り話が『嘘《うそ》の入れ子構造』になっていることです。誰もが、『白い狼《おおかみ》とはなんだろう？』という疑問にばかり食いつく。その供述こそが、創り上げられた偽物《にせもの》ではないのか、と疑うこともせず。

とはいえ、疑うのは難しい。あなたが監禁されていた設定のアジトは見つかり、そこにキャリー・レイクロウトの死体も発見されたのですからね」

ここからは急流だ。もう引き返すことはできない。終着まで、激しい流れに身を任せていくだけ。

「ところでお姉さま。人間を識別するものとは、なんでしょうか？　瞳の色、骨格、血液型、思想、記憶……などなど。ところが、この全て。コピーしようと思えば、可能なのですね。

ただし、執念が必要です。異常ともいえる、素敵に壊れた執念が。

まず赤子の段階で、選別を行います。オリジナルをコピーするために。年齢、性別、肌の色、そして血液型などが、全てオリジナルと一致しているかどうか。仮定として、はじめの選別に耐えた候補は20人としましょう。

そこからは英才教育です。オリジナルの映像資料や記録などを取り寄せる。そこから思考や好悪《こうお》、信念などを抽出し、コピーの人格に『書き込んで』いくのです。もともとコピーには、己の人格などは必要ありませんからね。オリジナルの人格を書き込むための『白紙』。それこそがコピーに求められるもの。

オリジナルが成長していくごとに、コピーたちは削られていったでしょう。少しでも顔形の成長が異なってくれれば、失格となる。整形手術で『最終調整』するにしても、ほとんど瓜二《うりふた》つでなくてはいけませんからね。

顔形だけではありません。日常の所作ひとつ取っても、完璧にコピーする必要があります。どこまでも、どこまでも。中には心が壊れたコピーの子もいたでしょう。そして失格となれば、口封じのため『処分』された。

こうして——こうして、生まれたのです。いえ、生き残ったというのが正解でしょうか。オリジナルを完璧にコピーした、オリジナル以上のオリジナル。

お姉さま、あなたが」

イヴから伝わってくるのは、全てを見抜いている、という勝ち誇りではない。彼女は決して、この相手を軽んじることはしない。なぜならば——。

「最高のコピーを作ったら、次はどうしましょうか？

考えるまでもありません。入れ替えるのですよ。お姉さまが先ほど、『0』と『1』を入れ替えたように。オリジナルとコピーを入れ替える——実際には、オリジナルには消えてもらうことになるわけですが。

ですが始末するのは、まだ早い。オリジナルだけが知っている超個人的な情報を、聞き出す必要がありますからね。アスパラガスを食べるときの咀嚼《そしゃく》回数とか、好きな自慰の方法とか。

そのためにはオリジナルを拉致して、じっくりと尋問せねばなりません。8日間もあれば充分でしょうね。これで完璧。

ただし！——いくらコピーが完璧な仕上がりでも、ひとつだけ壁がある。人間には、『その人だけが漂わせている雰囲気』というものがある。こればかりは、コピーできるものではない。スピリチュアルな言い方になってしまいますが、きっと魂から発せられるものだから。それを感じ取れるのは、常にそばにいた人たち。

よって父親の国王は問題ありません。一年間に30日も一緒に過ごさないようでは、『その人だけが漂わせている雰囲気』の違いまでは分からないでしょう。ですが母親には感じ取れるでしょう。また幼いころから仕えてきた使用人たちにも。

だから、殺した。

ナーダ事件を起こして、奴隷の反乱を隠《かく》れ蓑《みの》にして。第二王女ジェシカの母親キャリー・レイクロウトと、仕えていた使用人たちを。奴隷の仕業に見せかけて、殺したのです」

イヴの声音から伝わってくるのは、意外なことに畏敬の念。『壊れた執念』が起こした欺瞞《ぎまん》工作への、心からの拍手と喝采。

少しだけ憧憬も交じっているようだ。

なぜなら、決して真似《まね》できない欺瞞《ぎまん》だから。

イヴには明確な倫理観がある。無実の人を傷つけては、自分が許せない。だからこそ邪悪な欺瞞に、時には惹《ひ》き付《つ》けられてしまうのだろう。

「あぁお姉さま、ついに舞台に上がるときがきたのです。ずっと、ずっとこの日のために練り上げてきたのです。『第二王女ジェシカ』を演じ切るために生まれてきたのです。

さぁ、幕が上がります。最初の演目は、囚《とら》われていた王女さま。母親が目の前で衰弱していくのを見届けることしかできなかった、憐《あわ》れな王女さま。そして、あなたは身震いするほど素晴らしく演じた。そして、いまも演じ続けている。

なぜなら、まだ目的は半分も達せられていないから。あなたが目指すのは、全ての諜報機《ちょうほう》関が一度は夢にみることです。それは虹を駈《か》けるような夢。

仮想敵国の元首の地位に自国の諜報員を就かせる、という気宇壮大な夢。

ね、お姉さま。〈ウォッチメイカー〉が創り上げた、最高傑作の諜報員さん」

5

ナーダ事件とは、何だったのか。

〈ウォッチメイカー〉の或《あ》る派閥が、ロアノーク内で奴隷組織を陰から支援した事件。

だが奴隷の反乱さえも、或《あ》る派閥にとっては隠《かく》れ蓑《みの》に過ぎなかった。

真の目的とは、次の国際犯罪を奴隷組織〈ナーダ〉になすり付けること。すなわち、『キャリー・レイクロウトとその邸宅の使用人たちの殺害、第二王女の拉致監禁』を。

その上で極秘裏に、第二王女の本物と偽物《にせもの》を入れ替えたのだ。

〈ナーダ〉の反乱が失敗に終わったのも当然といえる。或《あ》る派閥が欲しかったのは、反乱で起きる一時の混乱に過ぎなかったのだから。用済みとなった〈ナーダ〉は見捨てられ、壊滅した。

そして現在――

第二王女の偽者《にせもの》が、腹を抱えて笑い出す。

「妄想というのも極めると愉快なものだね！　あたしが『第二王女ジェシカ』ではなく、〈ウォッチメイカー〉の諜報員《ちょうほう》？　どこからそういう発想が出てくるかな⁉　うぇ」

とたんジェシカ（と、これからも呼ぶことになるだろう）の身体《からだ》がぐらっと傾き、椅子から落ちた。床の上に仰向けになって、ぜいぜいと荒い息をつく。血が足りていないのに大笑したものだから、一瞬、意識が遠のいたようだな。

起き上がりながら、氷のような声で尋ねてくる。

「イヴ。キミの出品物は、何かな？　いい加減、見せてくれる？」

イヴは立ち上がろうとしたが、両足に力が入らないようで苦戦する。

「まった、おれがやるから」

暗幕を取り払う。台座の上に置かれていたのは、鋼鉄の巨大な保存ボックスだった。

椅子に座り直したジェシカは、不可解そうな視線で言う。

「その汚らしい保存ボックスが、最後の出品物というわけだ」

「いいえ。お姉さまに是非とも落札を止めていただきたいものは、この中で眠っています。あ、あ、それと。

白状しましょう。わたくしは〈ウォッチメイカー〉と組んでおります。お姉さまはとっくにご存じのことでしょうが」

ジェシカは眉間にしわを寄せた。ポーカーで相手の手札を見せられでもしたような顔。

「ねぇお姉さま、〈ウォッチメイカー〉の秘密主義と複数の派閥が凌《しの》ぎを削っている状況は、厄介ですよね。そのせいで、どうしても頭をよぎってしまいますもの。『【王位選争】には、同じ〈ウォッチメイカー〉の競合チームが紛れ込んでいるのではないか』と。派閥同士で隠し事をしあっているのですから、そんなこともあり得る。

そうなると、ある意味で最大の敵となるのが、この競合チームです。わたくしがアレクを潰したところ、あなたは『ある情報源』から、『【王位選争】には〈ウォッチメイカー〉の狗《いぬ》がいるようだ』と知ったのでしょう？」

これこそが、イヴが競合チームを見つけるため用意した撒《ま》き餌《え》だった。

おれから〈ウォッチメイカー〉の複数派閥の話を聞いたとき、すでにイヴは予想していたのだ。競合チームが潜んでいることに。

「お姉さま、あなたは推論した。狗《いぬ》というのは、第七王女ではないのかと。〈ウォッチメイカー〉が接触するならば、最も取り込みやすい者にするはずだからと。

そこであなたは、わたくしと同盟を結び、さらに鋭い一手を打ってきた。クリストフ・コーディ同盟との〈戦争〉で、わたくしを裏切るという策略です。

この策略が優れているのは、2つの展開、どちらに転んでも良いということです。1つ目は、わたくしがまんまと罠《わな》にはまり、敗北する展開。

その場合、クリストフにわたくしの国民32人を奪われはします。ただ、わたくしを排除することはできる。それにお姉さまならば、クリストフを食《く》らうなど容易《たやす》いことでしょう？

もう１つの展開とは、わたくしがクリストフ・コーディ同盟軍を撃破することです。そうなると、わたくしはクリストフとコーディの国民を総取りにしてしまいます。

ただそれも問題はない。お姉さまはわたくしが勝ったときに備えて、すでに国民票の取り込みを済ませていたのですから」


ジェシカのアプリコットブラウンの瞳が、射貫《いぬ》くようにイヴを見据えている。

不安になってきたのか？　いや違う。この女に、不安という感情はない。そんな柔な感情を抱くような人間が、これほどの欺瞞《ぎまん》工作を行えるはずもない。


「そしてお姉さまは、わたくしが勝利すると考えていましたね？　同盟破棄というピンチを切り抜けて、クリストフ・コーディ同盟軍を食《く》らうだろうと。それを可能にするため、〈ウォッチメイカー〉の手駒を事前に動かすだろうとも。

わたくしは、このように推測しています。同盟を結ぶより前に、この王都内に『お姉さまの派閥』以外の〈ウォッチメイカー〉が発見されていた。その諜報《ちょうほう》員が潜伏している目的は、【王位選挙】とは無関係かもしれない。しかし関係があるのかもしれない。

そして、わたくしが〈戦争〉で勝つため事前に準備を始めたとき――呼応するように、その諜報《ちょうほう》員も動き出したのならば。お姉さまは確信できます。その諜報《ちょうほう》員が、『わたくしの派閥』の手駒であると」

発見されていたのは［教授］だった、といまなら分かる。なぜなら〈戦争〉後、路上で死んでいるのが見つかったから。死因は、毒死。『ジェシカの派閥』に拉致されたとき、拷問される前に自死したのだろう。［教授］には、ルガスの隠し金を動かしてもらったりしていたからな。世話になった。

「同時進行で、お姉さまはもう一手を打っておいた。お姉さまの邸宅に招かれ、〈戦争〉のための軍編成を話し合ったときですよ。

空調が壊れているとは、少し乱暴でしたね。カイさんが制服のジャケットを脱ぎ、メイドさんに預けました。そして——ふむ。わざわざ説明するまでもありませんね」

ジャケットのボタンが一つ、盗聴器を埋め込まれたものとすり替えられていたのだ。

イヴは、この盗聴器を逆手に取ることにした。

まず真の計画について話すときは、おれが制服以外を着用しているときに限った。ルームウエアや、〈戦争〉での軍服など。イヴからジェシカの正体を明かされたのも、軍服を着た〈戦争〉決着後だ（それまでは、単に敵対する王女が盗聴器を仕掛けて来た、くらいにしか考えていなかった）。

そして《弾劾》の結果が出てすぐ、策略を開始。

あの弾劾投票の結果は、本当に完璧だった。97対96。誰がどう見ても、ジェシカが票をコントロールしていると分かる。管理官が、乗り換え策を命じてくるのに、納得のいく展開。

実際は、管理官はそんなことを命じてきてはいない。こちらが暗号化通信で、管理官に頼んだのだ。

『伝言役を寄こして、乗り換え策を命じる演技をさせてくれ』と。

ジェシカが、おれからの裏切りの申し出をあっさりと信じたのは、そのため。聴いていたから。ボタンの盗聴器を経由して、おれと伝言役の会話を。イヴからジェシカに乗り換えるという策を。

ジェシカにとっては、好都合な展開だ。その思考は次のようなものだっただろう。

〔イヴの派閥は、潰す必要がある。邪魔だから。そのために、まず取り込まれたフリをする。向こうは、こちらが別派閥の〈ウォッチメイカー〉諜報《ちょうほう》員などとは、夢にも思っていないのだから。同時に、国力を付けすぎたイヴを倒すため、その手の内を知ることもできる〕

実際、おれはイヴの手の内の一つを明かしている。『超人的な相対音感で、クリック音を聞き分ける』を。

この時点で、ジェシカも優れた相対音感を持っている可能性は高かった。なぜなら、このおれが訓練生時代に習得しているからだ。同業者であるジェシカが習得していても、おかしくはない。

だとしても、イヴにとって問題はない。〈競売〉での勝利の道筋は、〈戦争〉が始まる前からできていたのだから。

　ところで、おれが恐怖さえ覚えたことがある。奴隷への憎悪《ぞうお》を、ジェシカが吐き出したときだ。その時、すでにおれはジェシカが偽者《にせもの》と知っていた。母親を奴隷に殺されてなどいないと。だというのに、あれはまさしく真実の憎しみだった。無から創り上げていたのだ。なんという欺瞞《ぎまん》の天才か。

「お姉さま、あなたに本当の名前があるのですか？　わたくし、マシュマロ10個を『ない』に賭けましょう。あなたは、生まれたときから『第二王女ジェシカ』だったのですからね。

　この神がかった執念。徹底したやり口。だからあなたの派閥は、唯一の弱点をクリアするため努力した。

　もちろん指紋ですよ。指紋だけは、現在の技術では変えられないのですから。あなたの指紋は、あなたのものなのだから」

　指紋以外だと、ＤＮＡ情報なども当然変えられはしない。ただ現代（１９８２年）の科学技術では、ＤＮＡ鑑定で個人を識別するにはまだ精度不足。となると唯一の障害こそが、万人不同で終生不変の指紋となったわけだ。

　だからこそ、とイヴが続ける。

「お姉さまの派閥は、レイクロウト邸を焼き払った。そこにある本物の私物などから、指紋を採取されないために。宮殿に置かれていた本物の私物も、すべて取り換えたのですね。偽者であるあなたの指紋が付着しているものと。念には、念を。

ただ『総取り換え』作戦では、手違いが起きましたね。侵入した諜報員が、宮殿スタッフに目撃されたのです。仕方ないので、貴重品を盗んで盗難事件として誤魔化した。

ロアノークに、王族の指紋を登録するシステムがなかったのは好都合でしたよね。指紋を採るなど犯罪者にするようで、王族相手にできることではありませんものね。

ですが——あぁ、残念です。ここまでしたのに、ひとつだけ手落ちがあった」

おれは保存ボックスに歩み寄り、ロックを解除した。蓋を開けると、中に収められていた〈天の鐘〉が姿を現す。

それを見たとき、ジェシカはどんな表情をするのか。ずっと気になっていたが、こうして答えが分かった。

無。何もない。その双眸《そうぼう》は空っぽ。

「残っていたのですよ。この世に。本物の『第二王女』の指紋が——しかも裁判で物証として提示できるほど、完全な形で」

イヴは〈天の鐘〉に視線を投げて、

「10年前、こちらの〈天の鐘〉は保存ボックスに入れられ、つい先ほどまで土中で眠っていました。記念式典の映像が残っていますよ。王子王女の皆さんが、〈天の鐘〉の縁に触れていました。もちろん『第二王女』も。いまもまだ、そこには本物の指紋が残っている。あなたの、ニセモノの指紋と照合してみたら、大変なことになりますね？」

イヴが〈天の鐘〉を出品物リストに入れたとき、運営委員会と揉《も》めた。そんなバカげたことが許されるものか、と。

対するイヴの主張は、シンプル。〈天の鐘〉とは、教会が王子王女に与えたもの。ならば自分にも『13分の1の所有権』があると。教会絡《がら》みだと、運営委員会も折れやすい。

また〈天の鐘〉が最後の出品物だったのも、〈競売〉中に掘り出させるため。オークションルームにいる以上、ジェシカに外の様子は分からないのだから。

——ここまでは、計画通りに運んでいる。

いや、イヴがデッドラインを越えるとは、開始前は考えもしなかった。ただイヴ自身は、初めから生命のリスクを犯す気だったようだが。イヴの体内から601ml抜かれようというとき、おれもようやく気付かされたよ。

何よりイヴが支払いを血液量にしたのも、煙幕のためだった。仮にジェシカが、自分の正体を疑われている可能性に思い至ったとき、この煙幕が発動する。ジェシカはこう読むだろう。イヴの狙いは、こちらの血液を盗み、『本物』との血液型の不一致を暴くことにあるのではと。そして『本物』と血液型も一致しているジェシカは、出し抜いたと確信する。さらにジェシカを油断させるため、『イヴがおれを密告者として疑っている』という、一幕も入れたのだ。

問題は、いまこの時から——どう事態が動くのか。予想のつかない領域に入る。そして起きたことは——笑い。

タガが外れたように笑いだすジェシカ。唖然《あぜん》として眺めていると、笑いが消え、かわりに機械のような口調で尋ねてきた。

「王盤でいうなら、終焉《エンド》だね。どんな手を打とうとも、キミの勝ちは揺るがない。さぁ、望みをきこうか？」

「あなたが属する派閥の、全情報。そして、わたくしに降《くだ》ることです。わたくしのために、生きてください。それだけが『第二王女』でい続ける唯一の方法です」

「敗北すれば追放されるんだけどね？」

「それは、わたくしが解決する問題ですよ」

「だろうね。いいよ、取引成立だ。同業者くん、よく聞きなよ。一度しか言わないからね」

それからジェシカは、自分が属する派閥の全メンバーの名前、現在の潜伏場所などを全て吐いた。おれは脳内に書き込んでいく。

「これで全部だ。さ、運営委員を呼んでくれるかな。最後のオークションを始めよう」

おれが運営委員を呼んでくると、ジェシカは丁寧な動作で『３３４』と打ち込む。

「あたしのここまでの出血量は、９８２ml。さらに３３４mlを失えば、トータル出血量は１３１６mlとなる。あたしの総血液量は約３２９０mlだから、これで40％を採られる。ま、確実に意識混濁でしょ」

「見事です、お姉さま」

そう賞賛しながら、イヴは『010』と打ち込んだ。

そうか。先ほどの一瞬で、ジェシカは盤上の全てを読み切ったのか。

ジェシカの思考を追いかけるなら、こうなるだろう――

〈まず〈天の鐘〉の物証は完璧だ。保存ボックスにずっと収まっていたため、証拠汚染はされていないのだから。唯一の回避策は、指紋の採取をさせないこと。イヴが指紋を採るよう運営委員会に訴えたところで、無視されるはず。

だがイヴには、サラやルガスに告発状を送る方法がある。彼らなら、興味を抱くだろう。彼らなら運営委員を動かし、〈天の鐘〉から指紋を採取、照合させることができる。

では、一時的にでも〈天の鐘〉を所有できないか？　そうすれば、鐘の指紋を消すことができる。〈天の鐘〉を落札して――

いや〈競売〉のルール上、それも意味がない。落札防止をした品ならば、出品者のもとに戻る。一方、落札した品は、運営委員に預けられる。

ゆえに逆だ。落札するわけにはいかない。

イヴの脅迫メッセージは明確すぎる。〈天の鐘〉を運営委員のもとに渡したくないのならば、落札してはいけない。

だからこそ、イヴはあえて『010』を打ち込んでくるだろう。こちらも同じ数値を打ってやり直したところで、結末を先延ばしにするだけ。

ならば、やるしかない。『破産』するしかない。『破産』だけが、出品者のイヴのもとに〈天の鐘〉が戻る、唯一の方法なのだから」

ここまで読み切ったからこその、『334』。

「イヴ。〈天の鐘〉は——土中に戻るんだね」

「はい。土の中でまた眠り続けるでしょう——ただし、いつでも掘り返せることは忘れずに」

第6回オークションが終わった。ひとまずジェシカは、〈天の鐘〉を落札したことになる。

ただし血液量を支払ったあとでも、まだ意識を保っていられたならだが。

「イヴ……あたしは、生き続けるよ」

ゾッとした顔の看護師——ヘタしたら第二王女を殺しかねないわけだから当然——が、334mlを抜き取る。

とたんジェシカが激しく痙攣《けいれん》しながら、倒れた。白目を剝《む》き、呼吸困難に陥る。運営委員が慌てて『破産』を宣告。ストレッチャーに乗せられたジェシカは、自己血輸血をされながら医務棟へと運ばれていった。

ジェシカはイヴに降《くだ》ることを受け入れ、仲間までも売り渡した。なぜか？

考えるまでもない。先ほどイヴが指摘したことは正しいのだろう。ジェシカに『本当の名』は存在しない。彼女は、『第二王女ジェシカ』としてしか生きられない。

もしも、ニセモノであることが暴露されてしまったら？

それは任務の失敗とか、処刑は免《まぬが》れないとか、そんな生易しいことではない。アイデンティティの喪失。生まれてきた意味の崩壊。

すなわち虚無への墜落。

彼女は、彼女であるために、全てをイヴに捧《ささ》げるのだ。

生きたまま虚無に飲み込まれることほど、恐ろしいものはないのだから。

☆☆☆

急転直下の結末を迎えた〈競売〉。

事情を知らぬ運営委員たちには、何がどうなったのか一生分かるまい。オークションルームに残った運営委員が、イヴの〈競売〉勝利を改めて告げる。

おれはそんな運営委員のもとに歩み寄り、用意しておいた譲渡書を渡した。すでにおれとイヴの署名が入っている。

国民の譲渡先は、第二王女ジェシカだ。

運営委員が不愉快そうに言う。

「どういうつもりだ？」

「簡単なことだよ。イヴは〈競売〉でジェシカを負かした。そのジェシカに対して、国民を譲

渡するという。

では、イヴの国民はどこに行くのか？　難民にはできない。難民とは、《弾劾》で追放されたときのみ発生するのだからな。【王位選争】ルールに、そう記されている。

だから、こうなる。全て無効。譲渡書は破棄されるが、直前の《決闘》結果も無効となる。ようは今の〈競売〉はなかったことになるのさ」

「まさか」

「本当だ。先日、運営委員会の上層部に確認を取ってある」

これでジェシカが追放されることはない。裏ワザとはいえ、《決闘》で勝利しながらも、相手を追放しない方法まであるとはね。

医務棟に向かうため、イヴを車椅子に座らせる。自己血輸血はすでに始められていた。

車椅子を押しながら、イヴの耳元で問いかける。他の者には聞かれないようにして、

「もう一度、聞かせてくれないか？　なぜ〈天の鐘〉の存在を明かし、脅すだけではダメだったのか。なぜ《決闘》をする必要があったのか」

「ただ脅しただけでは、お姉さまは降《くだ》るフリをしてから、確実に裏切るでしょう。わたくしは、お姉さまという最高級の手駒が欲しかったのです。だから、彼女の反抗心を折らねばならなかった。その魂に、わたくしに敗北した事実を焼きつける必要があった――それこそ、焼き印のように」

廊下を進み、エレベーターの前で止まる。ジェシカを運び上げたエレベーターが戻ってくるのを待ちながら、おれは言った。

「イヴ。君が出血性ショックを起こしたときは、さすがに案じたよ。こんなところで、君のゲームが終わるなんて、耐えられないことだった」

イヴが片手を上げて、おれの手を握った。

「カイさん。わたくしのゲームではありません。わたくしとあなたの、ゲ、ゲームですよ。始まるときも、終わるときも一緒です」

ああ、そうだな。

どんな終わりを迎えることになったとしても——それだけは確かなことだ。

まさしく焼き印のように。

幕間 ii

Princess Gambit ―プリンセス・ギャンビット― ―第一王女サラ―

〈魔女〉から二度目の接触要請があった。

今回もサラは、ドムを迎えにやる。連行して来るのは、前回とは別の応接室だ。念のため室内に盗聴器が仕掛けられていないことを確認し、狙撃に備えて遮光カーテンも閉めておく。〈魔女〉の身体検査はエイダが徹底する。

そのあいだ〈魔女〉は、不気味ともいえる微笑《ほほえ》みを浮かべていた。

「焦《あせ》っているようだな、サラ王女。5日前、ジェシカ王女とイヴ王女が再度同盟を結んだそうじゃないか。その結果、【王位選争】の三番手まで躍り出てきた。すなわち、あなたの喉笛に牙を突き立てられる位置だ。ルガスという頂点ばかりを見ているわけにもいかなくなってしまったな」

サラが選択したのは、無表情。狡猾《こうかつ》な者を相手にするときは、彫刻のように表情を変えてはいけない。少しでも隙を見せてはいけないのだ。

「答えなさい、〈魔女〉。【王位選争】に入り込んでいる〈ウォッチメイカー〉の狗《いぬ》とは、誰なの？」

「それは我々と協力する、ということかな？」

「まずは狗《いぬ》の正体を教えてもらわなければならないわ。話は、それからよ」

〈魔女〉の笑みが広がる。火傷痕《やけど》がグロテスクに歪《ゆが》んだ。

そして歩み寄ってきた。サラに抱きつかんばかりまでに。息を呑《の》んだ。護衛のドムが動けなかったのも、理解できる。

まるで化け物が近づいてくるようだった。

〈魔女〉のくちびるが、サラの右耳の近くで漂う。

「〈ウォッチメイカー〉の狗は、第七王女のイヴ」

「ウォ、ッ、チ、メ、イ、カ、ー、」

つづく

あとがき

久我悠真《くがゆうま》と申します。

このたび電撃小説大賞において、拾い上げていただきました。といっても、何年も前です。時が過ぎるのは早いものです。


さて本作がどういう物語か、といいますと。

奴隷であり王女でもあるヒロイン・イヴが、命と玉座を賭け、12人の王子王女とのゲームに挑む——というものです。また主人公・カイは、敵国のスパイです。カイは自らの利得のため、イヴに協力する……わけですが、たぶんあれは惚《ほ》れましたね。

ジャンル的には『頭脳戦もの』になるのでしょうか。知略で無双する美少女ヒロインは可愛《かわい》いですよね、分かります。

謝辞です。

イラストレーターのスコッティ様、素晴らしいイラストを描いていただきまして、感謝に堪えません。

脳内で漠然と形作っていたキャラクターが、想像を数倍うわまわるイラストで描いていただける、これがラノベ作家としての最大のご褒美《ほうび》ですよね。作成していただけた各エンブレムも、それぞれの王子王女の性格を鮮やかに反映した素敵なもので、嬉《うれ》しい限りです。

担当編集の近藤《こんどう》様からは、毎回、貴重なアドバイスをいただきました。とくに物語展開に行き詰まったとき、作中の『事象A』と『事象B』に繋《つな》がりを持たせたまえー、というご助言のおかげで、筋道だったストーリーを構築することができました。ありがたやです。

そして最後に、本書を手に取っていただいた皆さま、誠にありがとうございます!!

◉久我悠真著作リスト

「滅び時だと彼女は告げた　#異能犯罪捜査〈零局〉」（電撃文庫）
「プリンセス・ギャンビット　～スパイと奴隷王女の王国転覆遊戯～」（同）

本書に対するご意見、ご感想をお寄せください。

ファンレターあて先
〒 102-8177　東京都千代田区富士見 2-13-3
電撃文庫編集部
「久我悠真先生」係
「スコッティ先生」係

本書は書き下ろしです。

電撃文庫

プリンセス・ギャンビット
～スパイと奴隷王女《どれいおうじょ》の王国転覆遊戯《おうこくてんぷくゆうぎ》～

久我悠真《くがゆうま》

2021年9月10日　初版発行

発行者　青柳昌行
発行　株式会社KADOKAWA
〒102-8177　東京都千代田区富士見2-13-3
0570-002-301（ナビダイヤル）
装丁者　荻窪裕司（META＋MANIERA）
印刷　株式会社暁印刷
製本　株式会社暁印刷

ISBN978-4-04-913869-6　C0193　Printed in Japan

電撃文庫　https://dengekibunko.jp/

電撃文庫創刊に際して

文庫は、我が国にとどまらず、世界の書籍の流れのなかで〝小さな巨人〟としての地位を築いてきた。古今東西の名著を、廉価で手に入りやすい形で提供してきたからこそ、人は文庫を自分の師として、また青春の想い出として、語りついできたのである。

その源を、文化的にはドイツのレクラム文庫に求めるにせよ、規模の上でイギリスのペンギンブックスに求めるにせよ、いま文庫は知識人の層の多様化に従って、ますますその意義を大きくしていると言ってよい。

文庫出版の意味するものは、激動の現代のみならず将来にわたって、大きくなることはあっても、小さくなることはないだろう。

「電撃文庫」は、そのように多様化した対象に応え、歴史に耐えうる作品を収録するのはもちろん、新しい世紀を迎えるにあたって、既成の枠をこえる新鮮で強烈なアイ・オープナーたりたい。

その特異さ故に、この存在は、かつて文庫がはじめて出版世界に登場したときと、同じ戸惑いを読書人に与えるかもしれない。

しかし、〈Changing Times,Changing Publishing〉時代は変わって、出版も変わる。時を重ねるなかで、精神の糧として、心の一隅を占めるものとして、次なる文化の担い手の若者たちに確かな評価を得られると信じて、ここに「電撃文庫」を出版する。

1993年6月10日
角川歴彦